The Phantom of the Opera

푸 른 숲
징 검 다 리
클 래 식
0 0 1

오페라의 유령

The Phantom of the Opera

가스통 르루 지음
김욱동 옮김

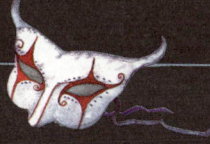

푸른숲주니어

'푸른숲 징검다리 클래식'을 펴내며

어린 시절, 할머니께서 조근조근 들려주시던 옛날이야기는 새로운 세상과 통하는 작은 창이었다. 상상의 날개를 달고 떠나는 창 너머 세상으로의 여행은 들어도 들어도 질리지 않는 재미와 마음속 깊은 곳을 울리는 감동을 선사해 주곤 했다. 그뿐 아니라 우리의 삶을 어떻게 꾸려 가야 하는지 곰곰이 생각해 보게 하는 지혜를 가르쳐 주었다. 말하자면 우리는 그 이야기들을 통해 '삶'을 배운 셈이다.

우리가 문학 작품을 읽어야 하는 까닭 또한 '삶을 배운다'는 점에서 크게 다르지 않다. 우리는 한 편 한 편의 문학 작품을 만나 사랑을 배우고, 우정을 배우고, 진실을 배우고, 지혜를 배운다.

그런 점에서 '푸른숲 징검다리 클래식'은 참 의미가 깊다. 오랜 세월을 거치며 각 나라의 문학사에 확고히 자리매김한 작품들을 한데 모았기 때문이다. 문학을 사랑하는 사람들이 즐겨 읽어 세계적인 명저로 일컬어지는 작품들……. 이를테면 우리 부모 세대, 아니 그 이전 세대부터 즐겨 읽었던 작품들로 많은 이들에게 삶의 의미와 가치를 일러주고, 또 '인생'이란 망망대해에서 등대 역할을 담당했던 것들이다.

세월이 흘러 사람들이 사는 모습도 달라지고 생각도 달라졌다. 그러나 시대와 장소를 뛰어넘어 변하지 않는 것이 있다. 바로 '삶'이다. 사람이 있는 곳이라면 어디든지 존재하는 삶은 항상 저마다의 무게를 떠안고 있다. 그 무게는 진실이라는 옷을 입고 문학 작품 속에 영원한 생명을 불어넣는다. 우리는 그것을 '고전'이라 부른다.

그러나 제아무리 훌륭한 고전이라 해도 독자가 읽고 소화할 수 없다면 아무런 소용이 없다. 지나치게 방대한 분량과 길고 어려운 문장은 책을 읽으려는 청소년들의 의지를 꺾을 뿐 아니라 좌절감마저 불러일으킨다.

'푸른숲 징검다리 클래식'은 바로 그러한 점을 염두에 두고 기획된 세계 명작 시리즈이다. 작품이 본디 지닌 맛과 재미를 고스란히 살리면서 우리 청소년들이 읽고 소화하기 쉽게 글을 다듬었다.

그리고 본문 뒤에는 현직 국어 교사들이 직접 쓴 해설을 붙였다. 작가나 작품에 대한 풍부한 설명은 물론, 그 작품들이 지니고 있는 현재적 의미까지 상세하게 짚어 보이고 있다. 아울러 해설 곳곳에 관련 정보를 담은 팁과 시각 자료를 배치해, 읽는 재미를 넘어 보는 재미까지 만끽할 수 있도록 했다.

아무쪼록 '푸른숲 징검다리 클래식'을 통해 우리 청소년들의 삶이 더욱더 깊고 풍성해지기를…….

2006년 4월
기획위원 강혜원·계득성·전종옥

| 차례 |

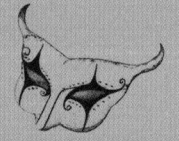

프롤로그

오페라의 유령은 정말로 존재했다. 그는 상상이나 미신 속에서 존재하는 인물이 아니었다. 말 많은 어린 무용수들의 머릿속에서 만들어진 것도, 오페라 극장의 문지기들이 그럴듯하게 꾸며낸 이야기도 아니었다.

그렇다, 오페라의 유령은 정말로 살아 있는 존재였다. 그가 진짜 유령의 모습을 완벽하게 흉내 낸 것이기는 했지만 말이다.

그 당시 나는 오페라 극장의 문서 보관소를 조사하고 있었다. 그러다 한때 파리의 상류 사회를 들끓게 했던 환상적이고 충격적인 내용의 비극을 알게 되었다. 그리고 곧 그 비극이 당시 오페라 극장에 출몰한다던 '유령'과 깊게 연관되어 있다는 결론을 내렸다.

 그 사건이 있은 지 채 삼십 년도 지나지 않은 때였기에, 당시의 일을 생생하게 기억하는 사람을 찾을 수 있으리라는 예감이 들었다. 당시 샤니 백작의 시체는 스크리브 거리에 있는, 오페라 극장의 지하로 통하는 호수 가장자리에서 발견되었다. 하지만 그 끔찍한 사건이 오페라의 유령과 관련이 있을 거라고 생각하는 사람은 아무도 없었다.

 확신을 가지고 시작한 일이었지만, 진실을 찾아가는 과정은 그리 만만치 않았다. 나 역시 헛된 망상에 사로잡혀 있는 것은 아닌가 하는 의문이 들어, 때때로 포기하고 싶은 마음이 굴뚝같이 솟아오르곤 했다. 그러던 어느 날, 내 생각이 틀리지 않았다는 확신을 가질 수 있는 기회가 왔다.

 그날 나는 《어느 총감독의 회고록》이라는 책을 빌려서 보고 있었다. 하지만 그 책에서는 아무런 소득도 얻을 수 없었다. 허탈한 마음으로 도서관을 나오는데, 우연히 오페라 극장의 연출 감독을 만나게 되었다. 그는 계단에서 키 작은 노인과 이야기를 나누고 있었다.

 연출 감독은 내가 그 사건을 조사하기 위해 애쓰고 있다는 사실을 알고 나를 도와주고 싶어 하던 터였다. 그는 나를 손짓해 부르더니, 그 노인을 소개해 주었다. 그 노인이 바로 당시의 사건을 담당했던 치안 판사 포르 씨였다. 그는 십오 년 동안 캐나 다에서 생활하다가 이제 막 파리로 돌아온 참이었다.

그날 저녁 포르 씨와 나는 오랫동안 이야기를 나누었다. 그는 그 사건에 대해 자신이 알고 있는 사실을 모두 이야기해 주었다. 라울 샤니 자작과 필리프 샤니 백작의 비극이 크리스틴 다에와 관련이 있다는 것을 알고 있었지만, 당시로선 형제 간의 불화와 우연한 사고로 결론을 내릴 수밖에 없었다고 했다. 그런 결론을 반박할 만한 증거를 찾지 못했다는 것이다. 내가 유령 이야기를 꺼내자, 그는 그저 웃기만 했다.

포르 씨의 이야기 중에서 나의 관심을 가장 끌었던 것은, 어느 페르시아 인이 그를 찾아와 유령에 대해 언급했다는 대목이었다. 나는 그 페르시아 인을 꼭 만나고 싶었다. 그래서 그가 아직 살아 있는지 수소문하기 시작했다.

며칠 후, 반가운 소식을 전해 들었다. 페르시아 인이 리볼리 거리에 있는 작은 아파트에 살고 있다는 것이었다. 그는 그곳에서 한동안 더 살다가, 나를 만나고 나서 다섯 달쯤 후 세상을 떠났다.

나 역시 처음에는 페르시아 인의 증언에 의구심을 가졌으나, 그가 넘겨준 자료들을 보고는 더 이상 의심스런 마음을 가지지 않았다. 자료 중에는 오페라의 유령과 크리스틴 다에가 주고받은 편지들도 끼어 있었다.

그렇다! 오페라의 유령은 실제로 존재한 사람이었다! 페르시

아 인의 증언과 기록 덕분에, 나는 '유령'에 대한 내 생각에 확신
을 가질 수 있게 되었다.

　나는 이 사건과 관련해서 많은 사람들의 이야기를 들었다. 그
들은 어떤 식으로든 그 사건과 연관돼 있는 사람들이거나, 샤니
가문과 친분이 있는 사람들이었다. 나는 그들에게 내가 모은 자
료들을 보여 주면서 내 생각을 이야기했다. 그들은 나의 생각에
기꺼이 동의해 주었을 뿐 아니라, 그 진실의 내막을 좀더 정확
하게 밝혀낼 수 있도록 격려해 주었다.

　실제로 샤니 가문과 절친한 관계였다는 어느 장군에게서 편
지 한 통을 받기도 했다.

　선생님,
　저는 당신이 조사하신 그 내용을 책으로 출간하실 것을 간곡히
권합니다. 저 역시 크리스틴 다에의 실종 사건 전후로 벌어졌던 일
들을 분명히 기억하고 있습니다. 만약 '유령'이라는 존재로 그 사건
을 설명할 수 있다면(저는 당신의 이야기를 듣고 확신하게 되었습
니다.) 제발 그렇게 해 주십시오.
　그것이 두 형제가 서로를 죽였다는, 악의에 찬 사람들의 끔찍한
추측보다는 나을 테니까요. 샤니 가문의 두 형제는 서로를 자신의
생명보다 더 소중하게 생각했던 사람들이었습니다.

이 장을 끝내기에 앞서, 감사를 드리고 싶은 사람들이 몇 있다. 당시 사건을 도맡아 수사한 수사관 미프루아 씨와 합창단장이었던 가브리엘 씨, 그리고 이제는 세상을 떠난 비서 레미 씨, 역시 세상을 떠난 연출 감독 메르시에 씨 등이다. 아, 끝으로 바르베작 남작 부인에게도 특별히 감사드린다. 그녀는 책 속에 등장하는 '메그 지리'이며, 지금은 고인이 된 지리 부인의 사랑스러운 딸이다.

이분들을 비롯한 수많은 이들의 도움 덕분에, 나는 아름다운 사랑과 치명적인 공포로 가득 찼던 그 순간들을 아주 세세하게 재현해 낼 수 있었다.

제 1 장
그것은 유령인가

오페라 극장의 총감독인 드비엔과 폴리니의 퇴임을 기념하는 날 저녁이었다. 마지막 공연이 한창 무르익어 갈 무렵, 갑자기 어린 무용수 대여섯 명이 수석 무용수 중의 한 명인 라 소렐리의 분장실로 요란스레 몰려들었다. 그 중 몇 명은 의미를 알 수 없는 괴상한 웃음소리를 냈고, 다른 몇 명은 겁에 질려 비명을 질러 댔다.

라 소렐리는 잠시 혼자 있고 싶었다. 그녀는 퇴임하는 총감독들을 위해 송별사를 낭독하기로 되어 있었다. 그래서 조용히 연습할 시간이 필요했기 때문이다. 그녀는 시끄럽게 떠들어 대는 어린 무용수들을 성난 얼굴로 둘러보았다.

"유령이에요!"

어린 무용수 잠이 떨리는 목소리로 이렇게 외치면서 얼른 문을 잠가 버렸다.

그렇지 않아도 라 소렐리는 미신을 깊게 믿는 사람이었다. 특히나 오페라 극장에 존재한다는 유령에 대해서는 남달리 확신을 하고 있었다. 그래서 처음에는 열다섯 살이나 먹은 잠에게 '바보 같은 꼬마'라고 핀잔을 주며 무시하는 척했다가, 금세 태도를 바꾸어 꼬치꼬치 캐묻기 시작했다.

"정말로 유령을 보았단 말이니?"

잠이 대답했다.

"제 눈으로 똑똑히 봤어요!"

그러자 메그 지리가 앞으로 나서면서 덧붙였다.

"너무 흉측했어요!"

"맞아요!"

그 말과 동시에 무용수들이 다시 요란스럽게 떠들기 시작했다. 유령은 멋진 옷을 입은 신사의 모습이었다느니, 마치 벽을 뚫고 나타난 것처럼 갑자기 복도에 우뚝 서 있었다느니 하면서 모두들 한마디씩 하느라 정신이 없었다.

"흥! 유령이 온 사방에서 다 나타난 모양이지!"

다른 무용수들과 달리 침착한 태도를 보이고 있던 무용수 한 명이 말했다.

그것은 사실이었다. 지난 몇 달 동안 오페라 극장의 가장 큰 화젯거리는 건물 주위를 조용히, 그리고 천천히 배회하는 멋진 옷차림의 유령에 대한 것이었다. 유령은 어느 누구에게도 말을 걸지 않았고, 유령에게 말을 걸어 본 사람 역시 한 명도 없었다. 유령은 나타나자마자 바로 자취를 감추어 버리곤 했다.

처음에는 모두들 유령 이야기를 듣고도 아무렇지도 않은 척 웃어넘겼다. 하지만 오래지 않아 그 이야기는 무용수들 사이에 좍 퍼졌다. 사람들은 자기가 유령을 아주 자주 만난 것처럼 굴었다. 그러나 실제로는 유령 이야기를 듣고 크게 비웃었던 사람일수록 더 많이 불안에 떨었다.

그렇다면 도대체 누가 유령을 보았단 말인가? 오페라 극장에는 딱히 유령이 아니더라도 멋진 옷을 입은 남자들이 넘치게 많았다. 그러나 유령과 한 가지 다른 점이 있었다. 무용수들의 말에 따르면, 유령의 옷은 해골 위에 걸쳐져 있다고 했다. 말하자면 유령은 '죽음의 얼굴'을 하고 있다는 것이었다.

이러한 이야기들이 모두 믿을 만한 것일까? 사실 해골 이야기는 무대 장치 책임자인 조제프 뷔케의 입에서 맨 처음 흘러 나온 말이었다. 지하실로 통하는 계단에서 유령을 봤는데, 순식간에 사라져 버렸다고 했다.

뷔케의 말은 이랬다.

"너무 말라서 꼭 해골 위에 웃옷을 걸쳐 놓은 꼴이더군. 눈은 아주 깊이깊이 박혀 있었는데, 눈이 아니라 그냥 검은 구멍 두 개가 뚫려 있는 것 같았어. 누렇고 지저분한 피부가 뼈 사이에 끊어질 것처럼 찰싹 달라붙어 있었고. 코가 있어야 할 자리에는 아무것도 없었어. 아, 정말 끔찍하더라고."

뷔케는 진중한 사람이라 저 혼자 상상한 것을 떠벌리는 성품이 아니었다. 뷔케의 말을 듣고 난 후, 사람들은 놀라움을 감추지 못하면서도 한편으로는 흥미로워했다. 곧이어 유령을 보았다고 주장하는 사람들이 하나 둘 늘어나기 시작하더니, 급기야는 어느 누구도 설명할 수 없는 이상한 사건들이 연이어 벌어졌다. 유령 이야기를 아는 사람들은 모두가 불안에 떨었다.

그러면 이제, 어린 무용수 잠이 "유령이에요!"라고 소리를 지른 바로 그날 밤으로 다시 돌아가 보자.

처음의 흥분이 가라앉자 라 소렐리의 분장실은 다시 조용해졌다. 그러다가 갑자기 잠이 잔뜩 겁에 질린 표정으로 소리쳤다.

"들어 보세요!"

문 밖에서 누군가가 벽을 스치고 지나가는 듯한 소리가 들리는 것 같았다. 라 소렐리는 문 쪽으로 다가가서 떨리는 목소리로 물었다.

"누구시죠?"

그러나 아무런 대답이 없었다. 라 소렐리는 그 방 안에 있는 모든 이들의 시선이 자신에게 향하고 있다는 것을 느끼며 다시 큰 소리로 물었다.

"문 밖에 누가 있나요?"

"있어요! 틀림없이 누가 있다니까요!"

메그가 소리를 질렀다. 그녀는 라 소렐리의 치맛자락을 붙잡아 뒤쪽으로 끌어당겼다.

"제발 문을 열지 마세요! 열면 안 돼요!"

그러나 라 소렐리는 손잡이를 꽉 잡고 과감하게 문을 열어 복도를 내다보았다. 복도는 텅 비어 있었다. 그녀는 다시 문을 닫으며 한숨을 내쉬었다.

"아무도 없어. 복도에는 아무도 없다고. 얘들아, 이제 그만들 좀 하렴. 유령을 실제로 본 사람은 아무도 없으니까 말이야."

"아니에요! 우리가 분명히 봤어요. 방금 전에 봤다니까요!"

어린 무용수들이 소리쳤다.

"유령은 멋진 옷을 입고 죽음의 얼굴을 하고 있었어요. 뷔케 씨가 말한 바로 그 모습이었다고요!"

잠이 말했다.

"가브리엘 단장님도 유령을 보았다고 했어요! 단장님이 무대 감독 사무실에 있는데, 페르시아 인이 들어왔대요. 그런데 그 페르시아 인 뒤에 유령이 서 있더라는 거예요. 유령은 뷔케 씨가 말한 것처럼 죽음의 얼굴을 하고 있었다던걸요!"

그러자 메그가 말했다.

"뷔케 씨는 입을 꼭 다물고 있는 게 좋을 것 같은데."

누군가가 물었다.

"그건 왜?"

메그는 불안한 듯 주위를 둘러보며 작은 목소리로 대답했다.

"우리 엄마가 그랬어."

또 다른 무용수가 물었다.

"네 엄마는 왜 그렇게 생각하시는데?"

"우리 엄마 말로는, 유령은 남들이 자기 얘기를 떠들고 다니는 걸 싫어한대."

"네 엄마가 왜 그런 말씀을 하시는 거야?"

어린 무용수들이 메그에게 바싹 다가들었다.

"왜냐하면, 그러니까…… 아무것도 아니야. 말하지 않겠다고 엄마한테 맹세했어!"

하지만 모두 비밀을 지키겠다고 약속을 하는 데다가, 메그 역시 모든 것을 털어놓고 싶어서 입이 간질간질한 지경이었다. 결국 그녀는 문을 쳐다보며 말을 하기 시작했다.

"바로 개인 관람석 때문이야."

"어떤 개인 관람석?"

"유령의 관람석 말이야!"

"맙소사! 유령이 개인 관람석을 갖고 있다는 거야?"

메그가 조바심을 내며 속삭이듯 말했다.

"그렇게 큰 소리로 말하면 안 돼! 5번 박스석이 바로 유령의 개인 관람석이야."

"세상에나! 말도 안 되는 소리 하지 마!"

"정말이라니까. 우리 엄마가 그 박스석 관리를 맡고 있거든. 그 유령 말고는 한 달이 넘도록 아무도 그 자리에 앉지 않았대. 그리고 매표 사무실에도 그 좌석은 절대로 팔지 말라는 명령이 떨어졌고."

"그럼 유령이 진짜로 그 박스석에 오는 거야?"

"그렇다니까. 하지만 유령이 나타나도 아무도 그 모습을 볼 수는 없어."

"그래도 누군가는 봤을 거 아니야!"

"멋진 옷을 입고 있다느니, 얼굴이 어떻다느니 하는 말은 모두 허튼소리야. 엄마는 유령을 본 적이 없대. 그렇지만 목소리는 들어 봤다고 했어."

라 소렐리가 끼어들었다.

"메그, 너 지금 우리를 놀리는 거지?"

그 말을 듣고 메그가 훌쩍거리기 시작했다.

"내가 이런 얘기를 한 걸 엄마가 안다면, 난……. 하지만 지금 내가 한 말은 틀림없어요. 뷔케 씨는 자기와 상관없는 일에 대해 함부로 말하지 말았어야 했어요. 계속 그러다간 나쁜 일이 일어나고 말 거예요. 어젯밤에 우리 엄마가 그러는데……."

그 때 복도를 황급히 달려오는 발소리가 들리더니, 누군가가 숨이 찬 목소리로 외쳤다.

"잠! 잠! 너 거기에 있니?"

잠이 말했다.

"우리 엄마 목소리야. 도대체 무슨 일이지?"

잠이 문을 열었다. 몸집이 크고 당당하게 생긴 부인이 분장실 안으로 허겁지겁 뛰어 들어왔다. 그녀는 빈 의자에 털썩 주저앉으며 크게 숨을 내쉬었다.

무용수들이 큰 소리로 물었다.

"무슨 일이에요?"

"조제프 뷔케 씨가…… 조제프 뷔케 씨가 죽었단다! 지하 삼 층에서 목을 맨 채 죽어 있는 걸 발견했대."

순간 침묵이 흘렀다. 그러더니 곧 비명 소리와 수군대는 소리로 방 안은 아수라장이 되었다.

"바로 그 유령 짓이야!"

메그가 소리치다가 갑자기 말을 멈추고는 두 손으로 입을 막았다.

"아니야, 아니야! 난 아무 말도 안 했어!"

무용수들이 낮은 목소리로 중얼거렸다.

"그래, 맞아. 틀림없이 유령이 한 짓이야!"

라 소렐리의 얼굴에서 핏기가 가셨다.

"오늘 난 도저히 송별사를 낭독할 수 없을 것 같아."

사실 뷔케가 어떻게 죽었는지 정확하게 아는 사람은 아무도 없었다. 드비엔과 폴리니의 뒤를 이어 오페라 극장을 맡게 된 두 총감독 중의 한 사람인 몽샤르맹은《어느 총감독의 회고록》이라는 책에서 그 때 일어난 사건을 이렇게 설명하고 있었다.

드비엔 씨와 폴리니 씨가 퇴임 기념으로 마련한 작은 파티가 예상치 못한 사건으로 엉망이 되어 버렸다. 그날 연출 감독인 메르시에가 갑자기 내 사무실로 뛰어 들어왔다. 그는 정신이 반쯤 나간 듯 멍한 얼굴로, 어떤 남자의 시체가 무대 밑에 매달려 있다고 말했다. 내가 달려 내려갔을 때는 그 남자가 매달려 있던 밧줄이 이미 사라지고 없었다!

그러니까 한 남자가 밧줄 끝에 매달려 있었다. 사람들이 달려가서 밧줄을 자른 뒤 남자를 내려놓았다. 그런데 그 밧줄이 어디론가 사라져 버리고 없었다. 몽샤르맹은 이 일을 아주 간단하게 설명했다.

그 사건은 발레 공연이 막 끝난 직후에 일어났다. 무용수 아가씨들은 더 이상의 불행을 막기 위해선 밧줄을 서둘러 없애야 한다고 생각했던 것 같다. 그들은 미신을 많이 믿었기 때문이다.

　그러나 무용수 아가씨들이 그 소란스런 와중에, 그토록 빨리 지하로 내려가 시신에서 밧줄을 풀어내는 모습을 상상해 보라. 그것이 그렇게 쉬운 일이었을까? 나는 사건이 벌어진 직후에 밧줄을 감추고 싶어 하는 누군가가 있었으리라고 생각한다. 이것이 그저 상상인지 아닌지는 나중에 밝혀질 것이다.

　아무튼 그 끔찍한 소식은 오페라 극장 전체로 퍼져 나갔다. 라 소렐리는 겁에 질려 뛰쳐나온 어린 무용수들을 데리고 앞장서서 연회장으로 향했다. 그 때 위층으로 올라오고 있던 샤니 백작과 마주쳤다.

　샤니 백작이 모자를 벗으며 말했다.

　"라 소렐리, 그렇지 않아도 지금 막 당신한테 가고 있었소. 정말 훌륭한 공연이야! 특히 크리스틴 다에 말이오, 얼마나 대단했는지!"

　메그가 말했다.

　"크리스틴 언니가요? 그럴 리가요! 여섯 달 전만 해도 돼지처럼 꽥꽥거렸는걸요. 어쨌든 백작님, 길 좀 비켜 주세요. 우리는 지금 목을 매달고 죽은 가엾은 사람의 일을 알아보러 가는 길이거든요."

　바로 그 순간, 연출 감독인 메르시에가 빠른 걸음으로 지나가

다가 이 말을 듣고 걸음을 멈췄다.

"뭐라고? 너희들도 벌써 그 얘기를 들은 거야? 제발 드비엔 씨와 폴니니 씨의 귀에는 들어가지 않게 조심해라. 퇴임하는 날 그런 얘기를 들으면 몹시 당황할 테니까."

샤니 백작의 말은 옳았다. 그런 공연은 일찍이 없었다. 크리스틴 다에가 처음으로 자신의 진정한 재능을 보여 주었던 것이다. 관중들은 새로운 프리마 돈나의 출현에 열광하였다. 그 무렵 명성이 꽤나 자자한 성악가들이 유명한 노래를 훌륭하게 불렀지만, 조금의 과장도 없이 크리스틴이 단연 으뜸이었다.

사실 그날 크리스틴이 오페라 〈파우스트〉의 노래를 부르게 된 것은 주역 가수인 카를로타가 몸이 아팠기 때문이다. 크리스틴은 〈로미오와 줄리엣〉에 나오는 몇 소절로 노래를 시작했다. 그 곡을 부를 때도 더할 수 없이 훌륭했으나, 〈파우스트〉의 감옥 장면을 노래할 때에는 그야말로 천상의 목소리가 울려 퍼지는 듯했다. 지금껏 어느 누구도 그런 공연을 본 적도, 들은 적도 없었다.

사람들은 이 보석 같은 크리스틴이 무엇 때문에 그 동안 모습을 드러내지 않았는지 몹시 궁금해 했다. 어찌하여 카를로타가 병이 났을 때에야 비로소 크리스틴이 이 작품의 주인공이 될 수 있었던 것일까? 드비엔과 폴리니는 왜 이 훌륭한 천재 성악가를 감추려고 했을까? 그리고 왜 그녀는 자신의 재능을 여지껏 숨겨

왔을까? 모든 일이 수수께끼 같았다.

샤니 백작(정확히는 필리프 조르주 마리 드 샤니)은 당시 마흔한 살로, 상당한 미남인 데다 재산도 꽤 많았다. 게다가 샤니 가문은 프랑스에서 가장 명망 있는 집안으로 손꼽혔다. 때때로 거만한 태도를 보이기도 했지만, 그가 당당하고 고결한 인품을 가졌다는 사실은 누구나 다 인정을 하였다. 이 모든 것이 샤니 백작을 더욱 매력적인 인물로 돋보이게 했다.

백작은 자신의 오페라 극장 개인 관람석에 서서 관객의 열광적인 함성에 귀를 기울였다. 그리고 그들과 함께 큰 박수를 보내며 환호성을 질렀다.

그 옆에는 나이가 스무 살이나 아래인 동생 라울 샤니 자작이 서 있었다. 라울이 어렸을 때 부모님이 세상을 떠나자, 샤니 백작은 어린 동생을 잘 키우기 위해 최선을 다했다. 그 덕분에 라울은 해군에 입대해 복무하다가, 세계 일주를 마치고 이제 막 돌아온 참이었다. 그는 여섯 달가량 집에 머물다가 다시 북극으로 원정을 떠날 예정이었다.

백작은 자신이 가는 곳이라면 어디든 라울을 데리고 다니려고 했다. 순진함을 넘어 다소 여성적이기까지 한 동생에게 휴가 기간 동안 파리의 화려한 모습을 보여 주고, 예술의 즐거움을 마음껏 맛볼 수 있도록 해 주고 싶었다. 물론 그렇다고 해도 라울이 먼저 요청하지 않았다면, 그날 극장의 무대 뒤에까지 동생을 데리고 가지는 않았을 것이다.

그날 저녁, 샤니 백작은 훌륭한 공연에 감동을 받아 열렬하게 박수를 치다가 옆에 있는 동생의 얼굴을 바라보았다. 이상하게도 무대를 내려다보는 라울의 얼굴이 아주 창백했다. 무대에서는 크리스틴이 관객들의 열렬한 지지에 감격한 나머지, 기절을 하는 바람에 막 업혀 나가고 있었다.

샤니 백작이 짓궂게 농담을 던졌다.

"설마 너도 기절하려는 건 아니겠지?"

순간 라울의 얼굴에 활기가 돌더니 자리에서 벌떡 일어나 이렇게 말했다.

"형님, 크리스틴을 만나러 가 봐요. 그녀가 오늘처럼 열정적으로 노래를 불렀던 적은 여태까지 한 번도 없었어요."

백작은 흥분한 듯한 동생의 얼굴을 의아스런 눈길로 바라보았다. 앞장서 걸어가던 라울은 심장이 어찌나 쿵쾅거리던지 더이상 자신의 것이 아닌 것만 같았다. 그의 얼굴에서는 활활 타오르는 사랑의 불꽃이 감돌았다.

오페라 극장은 크리스틴의 성공적인 공연과 그 후의 기절 사건으로 온통 흥분에 휩싸여 있었다. 이런 흥분은 처음 있는 일이었다. 샤니 백작은 벌 떼같이 모여든 신사들과 무대 장치를 옮기는 사람들, 그리고 무용수들의 무리를 헤치고 라울의 뒤를 따라갔다.

크리스틴의 분장실은 그녀를 새삼스럽게 숭배하게 된 사람들로 발 디딜 틈조차 없었다. 곧 오페라 극장의 주치의가 도착했다.

라울이 침착하게 말했다

"의사 선생님, 여기 계신 신사 분들을 밖으로 내보내는 것이 어떻겠습니까? 그것이 환자에게 더 나은 일일 듯한데요. 지금 상태로는 숨조차 제대로 쉴 수 없을 것 같군요."

의사가 맞장구를 쳤다.

"당신 말이 맞습니다."

의사는 그 젊은이가 그렇게 당당하게 말하는 데는 그럴 만한 이유가 있을 것이라고 생각했다. 그래서 라울과 하녀 한 사람만 남기고 사람들을 모두 방에서 내보냈다. 하녀는 라울의 얼굴을 바라보더니 깜짝 놀란 표정을 지었다. 지금까지 한 번도 본 적이 없는 얼굴이었기 때문이다. 그렇다고 감히 그에게 누구냐고 물어볼 수도 없었다.

잠시 후 크리스틴이 정신을 차렸다. 그녀는 고개를 돌려 의사를 보고는 환하게 미소를 지었다. 그러고 나서 라울을 바라보며 물었다.

"당신은 누구신가요?"

젊은이는 한쪽 무릎을 꿇고 그녀의 손등에 입을 맞추며 대답했다.

"아가씨, 저는 당신의 스카프를 건지기 위해 바다에 뛰어들었던 그 어린 소년입니다.”

크리스틴은 의아한 표정으로 다시 한 번 의사와 하녀를 쳐다
보았다. 그러더니 서로의 얼굴을 번갈아 보던 세 사람 모두 웃
음을 터뜨리고 말았다. 뜻밖의 반응에 라울의 얼굴이 발갛게 달
아올랐다.

“아가씨, 저를 알아보지 못하니 개인적으로 조용히 이야기를
나누고 싶습니다. 아주 중요한 이야기입니다.”

“제 몸이 좀 나아진 뒤에 하면 안 될까요?”

그러자 의사가 상냥하게 미소를 지으며 말했다.

“그래요, 이제 나가 주시지요. 아가씨는 나에게 맡기고요.”

그러나 크리스틴은 갑자기 이상할 정도로 생기를 되찾고는,
모두에게 방에서 나가 달라고 부탁했다.

의사는 방에서 나오자마자 라울에게 말했다.

“크리스틴이 오늘 밤은 평소와 다르군요. 보통 때는 퍽 조용한
편인데.”

의사가 가 버리고 나자, 버려진 공간처럼 썰렁하기만 한 복도
에 라울 혼자만이 남았다. 그는 가슴이 찢어지는 듯한 통증을
느꼈다. 크리스틴에게 이 격렬한 아픔을 모두 털어놓고 싶었다.

잠시 후 문이 열리더니 하녀가 방에서 나왔다. 라울은 크리스
틴이 좀 나아졌는지 물어보았다. 하녀는 그녀가 나아지기는 했
지만 혼자 있고 싶어 하니 귀찮게 하지 말아 달라고 부탁했다.

그러자 라울의 머릿속은 오직 한 가지 생각만으로 가득 차올라 터질 듯했다. 그녀가 혼자 있고 싶어 하는 것은 바로 자신 때문이 아닌가! 자신이 크리스틴에게 개인적으로 이야기를 나누고 싶다고 했기 때문인 것이다.

라울은 문 쪽으로 다가갔다.

'이제 용기를 내어 문을 두드려야지.'

그러나 이내 손을 떨어뜨리고 말았다. 크리스틴의 분장실에서 웬 남자의 목소리가 들려왔던 것이다.

"크리스틴, 당신은 나를 사랑해야 하오!"

그러자 크리스틴이 슬픔에 찬 목소리로 답했다.

"어떻게 그런 말을 하실 수 있나요? 전 오직 당신만을 위해 노래를 불렀는데."

순간, 라울의 심장이 미친 듯이 뛰기 시작했다. 어찌나 크게 뛰는지 분장실 안에까지 들릴 것만 같았다. 어쩌면 그들이 그의 심장 소리를 듣고 문을 열고 나와 그를 내쫓을지도 모른다는 생각이 들 정도였다. 샤니 가문의 사람에게 이 무슨 수치란 말인가! 문 밖에서 남의 말을 엿듣고 있다가 들키고 말다니! 라울은 두 손을 심장에 얹고 가라앉히기 위해 안간힘을 썼다.

다시 남자의 목소리가 들렸다.

"많이 피곤하오?"

크리스틴이 대답했다.

"오늘 밤 저는 당신에게 영혼을 바쳤어요. 지금 저는 죽은 것과 다름없어요."

"당신의 영혼은 참으로 아름답소. 고맙소, 어떤 대단한 왕도 그렇게 훌륭한 선물은 받지 못했을 거요. 오늘 밤에는 하늘의 천사들도 눈물을 흘렸을 것이오."

그리고 더 이상 아무 말도 들리지 않았다. 그러나 라울은 자리를 뜰 수가 없었다. 다만 들키지 않을까 염려가 되어 복도의 한쪽 구석으로 몸을 숨겼다. 그는 남자가 나올 때까지 기다리기로 결심했다. 그의 가슴속에서 사랑과 증오의 감정이 무섭게 불타오르고 있었다.

잠시 후 문이 열리더니, 놀랍게도 크리스틴이 밖으로 나왔다. 그것도 혼자서. 그녀는 문을 닫았지만 잠그지는 않았다. 라울은 그녀가 걸어가는 뒷모습에는 눈길도 주지 않고 계속해서 문을 노려보았다. 남자가 나오기를 기다리는 것이었다. 그러나 문은 다시 열리지 않았다.

라울은 더 이상 참지 못하고 크리스틴의 분장실 안으로 들어가 보았다. 방 안은 칠흑처럼 캄캄했다.

"여기에 있는 거 다 알고 있다. 숨지 말고 어서 나와! 내 허락 없이는 이 방에서 한 발짝도 나갈 수 없어! 내 말에 대답하지 않는 걸 보니 겁쟁이인 모양이군."

라울은 성냥불을 켜서 가스등에 불을 붙였다. 방 안이 희미하게 밝아지기 시작했다. 그런데 방 안에는 아무도 없었다!

그가 힘없이 중얼거렸다.

"지금 내가 어떻게 된 건가?"

라울은 분장실에서 뛰쳐나와 무작정 걷기 시작했다. 자신이 무엇을 하고 있는지, 또 어디로 가고 있는지도 의식하지 못했다. 문득 정신을 차리고 보니 계단 발치였다. 일꾼 몇 명이 하얀 천으로 덮은 무언가를 들것에 싣고 계단을 따라 내려오고 있었다.

그는 일꾼에게 다가가서 물었다.

"출구가 어느 쪽에 있습니까?"

"앞으로 곧장 가시오. 그리고 길 좀 비켜 주시오."

라울은 하얀 천을 가리키며 물었다.

"그게 뭡니까?"

일꾼이 대답했다.

"조제프 뷔케 씨요. 지하 삼층에서 목을 매달고 죽었소."

라울은 모자를 벗어 들고 일꾼들이 지나갈 수 있도록 길을 비켜 주었다.

제 2 장
5번 박스석

그 사이에 연회장에서는 총감독들의 퇴임식이 열리고 있었
다. 공연이 끝난 뒤, 파리 사교계와 예술계의 거물들이 오페라
극장의 연회장으로 모여들었다.

라 소렐리는 준비한 송별사를 낮게 중얼거리면서 그날의 주
인공들이 도착하기를 기다리고 있었다. 그녀의 뒤쪽에서는 무
용수들이 나이에 상관없이 모두 모여, 그날 있었던 사건을 이야
기하느라 정신이 없었다.

마침내 드비엔과 폴리니가 연회장에 등장했다. 그 자리에 모
인 사람들은 한결같이 퇴임하는 총감독들의 모습이 행복해 보
인다고 입을 모았다. 라 소렐리는 송별사를 낭독하기 시작했다.

두 사람은 활짝 웃는 얼굴로 라 소렐리를 바라보았다. 바로 그 순간, 어린 무용수 잠이 미친 듯이 비명을 질러 댔다.

"오페라의 유령이다!"

유쾌하게 웃고 있던 총감독들의 얼굴에 그 전까지 감추고 있던 괴로운 표정이 떠올랐다. 잠은 잔뜩 공포에 질린 채, 군중 사이에 있는 한 사람을 가리켰다. 그 사람의 얼굴에는 두 눈 대신 검은 구멍이 깊게 파여 있었다. 너무나 창백하고 추악한 몰골이었다.

"오페라의 유령! 오페라의 유령이 나타났어!"

사람들이 동요하기 시작했다. 한쪽에서는 웃고 떠들면서 오페라의 유령에게 술을 권하기도 했다. 그러나 유령은 이내 자취를 감추어 버렸다. 시끌벅적한 사람들의 틈을 헤치고 슬그머니 사라진 것이었다. 몇몇 사람들이 뒤쫓으려 했으나 헛수고였다. 두 총감독이 잠을 진정시키려고 애를 쓰고 있을 때, 이번에는 메그가 큰 소리로 비명을 질렀다.

라 소렐리는 송별사를 끝까지 낭독할 수가 없어서 몹시 화가 났다. 총감독들은 그녀에게 입을 맞추며 고맙다고 말하고는, 마치 유령처럼 황급히 자리를 떴다. 총감독의 퇴임을 축하하기 위해 모인 사람들은 연회장 말고도 두 층에 가득 차도록 더 있었다. 그렇기 때문에 총감독들의 그런 행동을 이상하게 여기는 사람은 아무도 없었다.

두 사람은 위층으로 올라갔다. 맨 꼭대기 층에는 총감독들의 개인적인 친구들을 접대하기 위한 만찬이 차려져 있었다. 그곳에 오페라 극장의 총감독으로 새로 부임한 아르망 몽샤르맹과 피르맹 리샤르가 있었다. 그 자리에서 퇴임하는 총감독들은 새로 온 총감독들을 만났다. 그리고 오페라 극장의 문을 모두 열 수 있는 작은 열쇠 두 개를 그들에게 넘겨주었다. 이 열쇠는 호기심에 가득 찬 사람들의 손으로 이리저리 옮겨 다녔다.

그 때 만찬에 참석한 손님들 중 몇 사람이 식탁의 제일 끝 좌석에 눈이 움푹 파인 낯선 얼굴이 앉아 있는 것을 보았다. 사람들의 시선이 일제히 그를 향했다. 그는 연회장에 나타났다가 홀연히 사라진 바로 그 유령이었다.

그는 여느 손님들처럼 태연스레 앉아 있었다. 그러나 음식을 먹지도, 술을 마시지도 않았다. 그를 본 사람들의 얼굴에서 웃음기가 싹 가셨다. 어느 누구도 농담을 건네지 못했을 뿐 아니라 "오페라의 유령이다!"라고 소리를 지르지도 못했다. 모두들 그저 다른 쪽으로 고개를 돌릴 뿐이었다.

유령은 아무 말도 하지 않았다. 주변에 있던 사람들은 그가 정확히 언제 그 자리에 와서 앉았는지 알지 못했다. 신임 총감독의 친구들은 이 손님을 퇴임하는 총감독들의 친구로 생각했다. 그리고 퇴임하는 총감독의 친구들은 그가 신임 총감독들의 친구이려니 생각했다. 그래서 아무도 그에게 왜 그곳에 왔는지 물어보지 않았다.

몇몇 사람들은 오페라 극장에 나타난다는 유령과 뷔케가 보았다는 유령의 모습에 대해 이야기를 들은 적이 있었다. 그들은 식탁의 끝 좌석에 앉아 있는 사람이 바로 그 유령일 것이라고 추측했다. 그러나 소문에는 유령에게 코가 없다고 했는데, 이 사람에게는 코가 있었다.

이에 대해 몽샤르맹은 자신의 회고록에서 그 손님의 코가 투명했다고 전했다. 어쩌면 그 코는 가짜였을지도 모른다. 선천적으로 코가 없거나 혹은 사고로 코를 잃은 사람들처럼 가짜 코를 붙이고 나타난 것이 아니었을까?

유령은 정말로 그날 밤 총감독들의 만찬에 초대도 받지 않고 앉아 있었을까? 그리고 그곳에 있던 사나이가 정말로 오페라의 유령이라고 단언할 수 있을까? 내가 이런 의문을 갖는 것은 그 일이 너무도 이상했기 때문이다. 어떻게 그렇게 뻔뻔하게 나타날 수 있을까? 도저히 있을 수 없는 일 아닌가?

몽샤르맹은《어느 총감독의 회고록》의 제11장에서 다음과 같이 밝히고 있었다.

그날 저녁의 일을 생각할 때마다 나는 드비엔 씨와 폴리니 씨가 사무실에서 우리에게 들려준 비밀과, 우리 중 누구도 아는 사람이 없었던 그 유령 같은 사나이를 따로 떼어 놓고 생각할 수가 없다.

그러니까 일은 이렇게 된 것이었다. 드비엔과 폴리니가 만찬 식탁에서 죽음의 얼굴을 한 그 사나이를 아직 발견하지 못하고 있을 때였다. 별안간 그 사나이가 입을 열었다.

"무용수 아가씨들의 말이 맞소. 그 가련한 뷔케가 죽은 것은 어쩌면 사람들이 생각하는 것처럼 그렇게 우연한 일이 아닐지도 모르지."

그 말을 듣는 순간, 드비엔과 폴리니는 깜짝 놀라 동시에 소리쳤다.

"뷔케 씨가 죽었소?"

사람이라기보다는 그림자에 더 가까운 그 남자가 조용히 대답했다.

"그렇소, 오늘 저녁 지하 삼층에서 목을 매고 죽어 있는 것이 발견되었소."

퇴임 총감독들은 자리에서 벌떡 일어나 방금 말한 사람을 기묘한 눈빛으로 노려보았다. 그들의 얼굴은 몹시 당황한 나머지 백지장처럼 하얗게 변해 있었다. 드비엔이 리샤르와 몽샤르맹을 손짓하여 부르더니, 그들을 데리고 총감독 사무실로 들어갔다.

몽샤르맹의 회고록을 보면, 그 다음에 어떤 일이 있었는지 자세히 알 수 있다.

드비엔 씨와 폴리니 씨는 점점 더 흥분하는 것 같았다. 그들은 우리에게 말하기 곤란한 뭔가를 알고 있는 듯했다. 먼저 두 사람은 우리에게 조제프 뷔케의 죽음을 알려 준, 식탁 끝에 앉아 있던 사람을 알고 있느냐고 물었다. 모르는 사람이라고 대답하자 몹시 불안해하는 기색을 보였다.

그들은 연회장에서 우리에게 주었던 열쇠를 다시 가져가더니, 잠시 동안 그것을 멍하니 내려다보았다. 그리고는 열쇠를 새로 만들라고 충고했다. 그들의 태도가 너무나 이상해서, 우리는 웃으면서 오페라 극장에 도둑이라도 있느냐고 물어보았다. 그들은 그보다 더 나쁜 것, 즉 유령이 있다고 대답했다. 우리는 또다시 웃음을 터뜨렸다. 그날 저녁을 즐겁게 만들기 위한 농담이라고 생각했던 것이다.

두 사람은 우리에게 진지하게 들어 달라고 부탁했다. 우리는 그저 가벼운 장난이려니 생각하고, 그들이 요청한 대로 짐짓 진지한 자세를 취하는 척했다. 그들은 유령이 몇 가지 명령을 내렸노라고 말했다. 새로 부임하는 총감독들이 자신을 정중하게 대할 것, 그리고 어떤 부탁이라도 다 들어줄 것을 요구했다는 것이다. 유령의 요구 사항을 들어주지 않을 경우, 어떤 재앙이 닥칠지는 조제프 뷔케의 죽음만 봐도 알 수 있다고 덧붙였다.

나는 리샤르를 바라보았다. 그는 농담을 좋아하는 사람이었다. 리샤르는 이야기를 듣는 동안 자못 침울한 표정으로 고개를 끄덕거렸고, 총감독 일을 맡은 것을 후회한다는 듯한 표정을 지었다. 나도 그와 같은 태도를 취하려 했다. 하지만 우리는 더 이상 참지 못하고 동시에 웃음을 터뜨리고 말았다. 드비엔 씨와 폴리니 씨가 놀란 표정으로 우리를 바라보았다.

마침내 리샤르가 농담 반 진담 반으로 물었다.

"당신들이 말하는 그 유령이 원하는 게 도대체 뭐란 말입니까?"

폴리니 씨는 자기 책상으로 가서 파리 오페라 극장의 총감독들이 지켜야 할 규정이 적힌 규정집을 들고 왔다. 제일 마지막에 붉은 잉크로 조잡하게 적어 놓은 한 구절을 빼고는 우리가 갖고 있는 것과 똑같아 보였다. 그 구절은 다음과 같았다.

매달 이만 프랑의 돈을 오페라의 유령에게 지급해야 한다.

리샤르가 아주 침착하게 물었다.

"이게 전부인가요? 다른 것은 요구하지 않았나요?"

폴리니 씨가 대답했다.

"아니요, 또 있소. 공연이 있을 때마다 5번 박스석은 오페라의 유령 앞으로 남겨 두라고 합디다."

우리는 자리에서 벌떡 일어나 그들과 악수를 하면서, 재미있는 농담을 해 주어 정말로 고맙다는 인사를 했다. 리샤르는 그들이 퇴임하는 이유를 알 것 같다면서 너스레를 떨었다.

그러자 폴리니 씨가 굳은 표정으로 말했다.

"맞아요, 5번 박스석을 빼앗긴다는 게 어떤 의미인지 생각해 본 적 있소? 우리는 그 자리를 한 번도 판매한 적이 없어요. 아니, 팔 수가 없었지. 더 이상 유령 따위를 부양하는 일은 하고 싶지 않아요. 차라리 이곳을 떠나는 게 속 편하단 말이오!"

리샤르가 대답했다.

"두 분께서 유령에게 너무 친절한 것 같다는 생각이 드는군요. 만약 내 앞에 그런 골치 아픈 유령이 나타난다면 주저하지 않고 감옥에 집어넣어 버리겠어요!"

두 사람은 이구동성으로 소리쳤다.

"하지만 어떻게 말입니까? 우린 유령의 얼굴을 한 번도 본 적이 없어요!"

"공연을 보러 5번 박스석에 올 때 붙잡으면 되지 않습니까?"

"그 자리에 와 있는 것을 한 번도 본 적이 없단 말이오."

"그러면 5번 박스석을 팔아 버리지 그러셨습니까?"

"유령의 관람석을 판다고요? 글쎄, 신사 양반들, 어디 한번 그렇게 해 보시지요."

그러고 나서 우리 네 사람은 사무실에서 나왔다. 리샤르와 나는 배꼽이 빠져라 웃어 댔다. 그렇게 많이 웃어 본 것은 생전 처음 있는 일이었다.

몽샤르맹이 자신의 회고록을 어찌나 꼼꼼하고 자세하게 정리

해 두었는지, 도대체 오페라 극장의 다른 업무를 돌볼 시간이나 있었는지 궁금할 지경이었다. 그는 음악에 관해서는 일자무식이었지만, 음악을 잘 아는 사람들은 많이 알고 있었다. 짧은 기간이나마 신문에 글을 기고하기도 했고 재산도 꽤 모은 편이었다.

몽샤르맹은 오페라 극장의 총감독이 되기로 마음먹자마자, 자신의 가장 훌륭한 파트너로 피르맹 리샤르를 선택했다. 그는 곧장 리샤르를 찾아갔다. 리샤르는 유명한 작곡가로, 발표하는 곡마다 상당한 성공을 거두었다. 그러나 안타깝게도 아주 괴팍하고 독선적인 성격을 지니고 있었다.

오페라 극장에서 일한 처음 며칠 동안, 두 사람은 이렇듯 훌륭한 사업을 총괄하게 되었다는 사실에 도취되어 있었다. 그래서 유령에 관한 황당무계한 이야기는 까맣게 잊어버리고 있었다. 그런데 오래지 않아 그 농담이(만약 그것이 농담이었다면) 아직 끝나지 않았다는 것을 증명해 주는 사건이 일어났다.

리샤르가 사무실에 들어서자 비서인 레미가 "반드시 본인이 열어 볼 것"이라고 적힌 편지 한 통을 건네주었다. 편지 봉투에는 붉은색 잉크로 휘갈겨 쓴 주소가 적혀 있었다. 그는 규정집에 적혀 있던 조잡한 글씨체를 떠올리며 편지 봉투를 뜯었다.

친애하는 총감독 귀하

매우 바쁘실 텐데 이렇게 귀찮게 해서 미안하오. 오페라 극장의 모든 업무를 잘 처리하고 있는 것 같소이다. 나는 당신이 카를로타나라 소렐리, 그리고 잠을 비롯한 몇몇 사람들을 위해 어떤 일을 했는지 잘 알고 있소. 당신은 그들의 재능을 퍽 높이 평가하는 모양이오.

그러나 내가 생각하는 천부적인 재능이란 어린아이처럼 노래하는 카를로타에게 있는 것이 아니오. 라 소렐리도 마찬가지요. 꼬마 잠은 더더욱 말할 것도 없소. 그 이가씨는 마치 들판을 뛰어다니는 염소처럼 춤을 추더군.

그렇다고 해서 크리스틴 다에를 특별히 대우해 달라는 말은 아니오. 그러나 그녀에게 대단한 재능이 있는 것은 분명하오. 당신은 질투 때문에 그녀에게 중요한 역을 맡기지 않는 것 같더군요.

며칠 전 저녁 공연에서 그녀가 큰 성공을 거두었는데도 〈파우스트〉의 마르가리타 역을 맡지 못하게 한 것은 정말로 유감이오. 그러니 오늘 저녁 그녀가 조연으로나마 노래를 부르게 된 것을 크나큰 행운이라고 생각해야겠지요?

정중하게 부탁하겠소. 오늘은 물론, 앞으로도 내 관람석은 절대로 팔지 말아 주시오. 내 관람석을 팔라고 지시했다는 소식을 듣고, 내가 얼마나 불쾌했는지 말하지 않고는 이 편지를 끝맺을 수 없을 것 같소이다.

그럼에도 내가 항의하지 않은 것은, 첫째 유쾌하지 않은 행동을 싫어하기 때문이고, 둘째 드비엔 씨와 폴리니 씨가 나에 대해 말하는 것을 깜박 잊은 모양이라고 생각했기 때문이오.

나는 그들에게 편지를 보냈소. 그리고 방금 전에 답장을 받았소이다. 그 편지의 내용을 요약해 보면, 당신이 규정집에 씌어진 내용을 모두 알고 있으면서도 나를 완전히 무시하고 있다는 것이오. 조용하고 평화롭게 살고 싶다면, 내 개인 관람석을 팔아 버리는 일은 당장 그만두는 게 좋을 것이오.

—오페라의 유령

리샤르가 이 편지를 다 읽었을 때, 몽샤르맹이 똑같은 편지를 들고 사무실로 들어왔다. 그들은 서로의 얼굴을 바라보며 웃음을 터뜨렸다.

리샤르가 먼저 입을 열었다.

"아직도 장난질을 하고 있군그래. 이제 더는 재미없는데."

몽샤르맹이 의아한 표정으로 물었다.

"도대체 왜들 이러는 걸까? 자기들이 오페라 극장의 총감독이었다고 해서, 우리가 언제까지나 개인 관람석을 갖게 해 줄 거라고 생각하는 모양이지?"

리샤르가 불만스럽다는 듯이 말했다.

"이런 장난을 계속 받아 줄 순 없어."

"하지만 받아 준다고 해서 그다지 해가 될 것도 없지."

몽샤르맹이 달래는 투로 말했다.

"그런데 그들이 정말로 원하는 게 뭘까? 오늘 밤 공연의 개인 관람석일까?"

리샤르는 비서에게 5번 박스석의 표가 아직 팔리지 않았다면 그것을 드비엔 씨와 폴리니 씨에게 보내라고 지시했다. 다행히 그 좌석이 아직 팔리기 전이어서 곧 그들에게로 보내졌다. 신임 총감독들은 나이도 지긋한 사람들이 그런 어린애 같은 장난을 좋아한다는 것을 한심하게 생각했다.

이튿날 신임 총감독들은 유령에게서 감사의 카드를 받았다.

　총감독 귀하

　고맙소, 아주 멋진 저녁이었소. 크리스틴은 정말 훌륭했지만, 카를로타는 예전과 별로 달라진 게 없는 것 같소. 이제 곧 내 배당금 이만 프랑에 대한 편지를 보내겠소이다. 그럼 이만.

　　　　　　　　　　　　　　　　　　　—오페라의 유령

한편 드비엔과 폴리니에게서도 편지가 왔다.

　친절하게 배려해 주어 감사하오. 그러나 우리가 5번 박스석에 앉을 권리가 없다는 것을 당신들도 곧 알게 될 것이오. 그 자리는 오페라의 유령의 자리이기 때문이오.

"아니, 이 사람들 정말 해도 해도 너무하는군!"

리샤르가 버럭 소리를 질렀다.

그리고 그날 저녁 5번 박스석은 다른 사람에게 팔렸다.

다음 날 아침, 사무실로 출근한 리샤르와 몽샤르맹은 책상 위에 놓여 있는 극장 감독관의 보고서를 발견했다. 지난밤 5번 박스석에서 일어난 일에 대해 작성한 보고서였다.

공연 중 5번 박스석에 앉은 사람들이 소란을 피우며 다른 사람들의 관람을 방해했다는 것이다. 감독관이 5번 박스석으로 갔을 때, 문제의 사람들은 정신이 나간 것처럼 말도 안 되는 소리를 지껄여 대고 있었다. 감독관이 강하게 경고를 했지만, 그가 자리를 뜨자마자 또다시 소란을 피우기 시작했다. 더 이상 참지 못한 관객들이 거세게 항의를 하는 바람에, 감독관은 경호원을 불러 그들을 밖으로 끌어내도록 했다는 내용이었다.

"감독관을 불러오시오."

리샤르가 비서에게 말했다. 곧 비서가 감독관을 데리고 들어왔다. 리샤르는 그에게 무슨 일이 있었는지 상세하게 설명해 달라고 했다.

"그 사람들은 박스석에 들어서자마자 다시 나와서는 좌석 관리인을 부르더랍니다. 그러고는 '박스석을 살펴봐요. 아무도 없는 것이 맞지요, 그렇지요?' 하고 묻더래요. 관리인이 '아무도 없군요.'라고 말하니까 그들이 뭐라고 했는지 아십니까? 글쎄, 자기들이 박스석에 들어가자마자 '여기는 벌써 예약이 되어 있소.'라고 말하는 목소리가 들리더랍니다."

리샤르가 고함치듯 말했다.

"박스석에는 아무도 없지 않았소? 그렇지 않은가?"

"아무도 없었지요! 맹세코 아무도 없었습니다요!"

"좌석 관리인은 뭐라고 했소?"

"아, 그게…… 글쎄 오페라의 유령 짓이라고 하더라고요!"

"좌석 관리인을 불러와요!"

리샤르가 비서에게 소리를 질렀다. 화가 머리끝까지 치밀어 오른 듯했다. 그는 감독관에게 다시 물었다.

"도대체 오페라의 유령이 누구요?"

감독관은 어찌할 바를 몰라 했다. 아무 말도 할 수 없었다. 사실 그는 오페라의 유령에 대해 아는 게 없었을 뿐 아니라 알고 싶지도 않았다.

"본 적이 있소? 오페라의 유령 말이오."

감독관은 고개를 설레설레 내저었다. 리샤르는 이를 갈며 말했다.

"이게 도대체 무슨 일인지 알아내고야 말겠어."

그 때 무대 감독이 들어와 여러 가지 업무 이야기를 늘어놓기 시작했다. 감독관은 자신이 이제 사라져도 괜찮겠다고 생각하고는 천천히, 그리고 조심스럽게 문 쪽으로 걸음을 옮겼다. 바로 그 순간 리샤르가 벼락치듯 고함을 질렀다.

"그 자리에 그대로 있으시오!"

너무 놀란 감독관은 얼어붙은 듯 그 자리에 멈춰 서 있을 수밖에 없었다.

이윽고 비서가 좌석 관리인을 데리고 오자, 리샤르가 그녀에게 물었다.

"이름이 뭐요?"

"지리입니다. 저를 잘 알고 계시지 않나요? 꼬마 지리, 그러니까 메그 지리의 어미 되는 사람이지요."

리샤르는 다시 한 번 지리 부인의 얼굴을 뜯어보았다. 다 낡아빠진 코트와 헌 구두, 그리고 상당히 오래 입은 듯한 옷에 유행이 지난 모자……. 리샤르는 지리 부인은 물론이고 메그 지리가 누구인지도 전혀 알지 못했다. 만나 본 기억조차 없었다. 그러나 지리 부인은 자부심이 대단한 사람이어서, 모든 이들이 자신을 알고 있다고 생각했다.

"그게 누구요? 처음 듣는 이름인데."

리샤르는 이렇게 대답하고는 다시 물었다.

"엊저녁에 무슨 일이 있었는지 말해 주시오."

"저도 감독님을 만나서 그 일을 말씀드리고 싶었어요. 지난번 감독님들처럼 불쾌한 일을 겪지 않으시도록 말이에요. 그분들도 처음에는 제 말을 귀담아듣지 않으셨지요."

"그런 이야기는 내 알 바 아니오. 엊저녁에 일어난 일이나 말해 보시오."

지리 부인은 리샤르의 무시하는 듯한 말투에 기분이 몹시 상한 나머지 자리에서 벌떡 일어났다. 그러나 다시 마음을 바꾸어 먹고 오만한 목소리로 말했다.

"말씀드리지요. 유령이 또다시 화가 난 거예요!"

이 말을 듣자 리샤르는 너무나 화가 나서 얼굴이 붉어졌다. 그가 화를 참으려고 무척 애를 쓰고 있었으므로 몽샤르맹이 대신 질문을 했다. 지리 부인은 아무도 없는 박스석에서, 자기가 그 자리의 주인이라고 말하는 목소리가 들려온 것을 조금도 이상하게 생각하지 않았다. 유령의 모습은 아무도 볼 수 없지만 그의 목소리는 누구나 들을 수 있기 때문이라고 말했다.

몽샤르맹이 그녀의 말을 가로막았다.

"부인, 그 유령과 말을 해 봤나요?"

지리 부인이 대답했다.

"그럼요, 지금 감독님과 이야기를 나누고 있는 것처럼요!"

"유령이 당신에게 뭐라고 하던가요?"

"발걸이를 갖다 달라고요!"

그 순간 리샤르가 웃음을 터뜨렸다.

"그렇게 웃으시지만 말고 폴리니 씨처럼 행동하시는 편이 나을 거예요. 그분은 결국 혼자서 알아냈다고요!"

"무엇을 알아냈다는 거요?"

여전히 웃는 얼굴로 몽샤르맹이 물었다. 이렇게 재미있는 상황은 생전 처음이었다.

"물론 유령에 대해서지요! 그날은 알레비의 〈유대 인 여자〉를 공연하는 날이었어요. 폴리니 씨는 5번 박스석에서 공연을 관람하고 있었지요. 무대에서 레오폴드가 '자, 날아가자!'라고 소리치는 대목이었어요. 갑자기 폴리니 씨가 자리에서 벌떡 일어나더니, 아주 뻣뻣한 걸음으로 걸어 나가지 뭐예요……. 어디 가시냐고 물어볼 틈도 없었어요. 틀림없이 유령한테 당하기 전에 몸을 피하신 거예요."

몽샤르맹이 말했다.

"그건 그렇다 치고, 오페라의 유령이 어떻게 당신에게 발걸이를 가져다 달라고 했는지나 말해 보시오."

"어쨌든 그날 저녁 이후로, 어느 누구도 5번 박스석에 앉으려고 하지 않았어요. 총감독님도 공연 때마다 유령에게 자리를 주라고 지시했고요. 그리고 그 남자는 박스석에 올 때마다 저한테 발걸이를 갖다 달라고 했어요."

"지금 '그 남자'라고 했소? 그 유령이 남자라는 걸 어떻게 아시오?"

"틀림없이 남자예요. 부드럽고 상냥한 남자의 목소리였으니까요. 그는 보통 1막 중간에 온답니다. 처음에는 저도 몹시 놀랐지요. 그런데 그가 '지리 부인, 겁먹지 말아요. 난 오페라의 유령이오.' 하고 말하지 뭐예요. 목소리가 어찌나 부드럽던지! 무서운 느낌이라고는 전혀 들지 않았어요."

두 총감독은 감독관을 쳐다보았다. 감독관은 이 과부가 제정신이 아니라는 듯이 머리에 손가락을 대고 빙빙 돌렸다. 지리부인은 잠시 동안 생각에 잠기더니, 유령이 마음씨가 좋다는 이야기를 했다. 자신에게 팁도 자주 주고, 언젠가 한번은 작은 선물도 주었다는 것이다.

마침내 몽샤르맹이 말했다.

"지리 부인, 이제 됐어요. 그만 가도 좋소."

지리 부인이 나가자, 리샤르는 감독관에게 그 미친 여자에게 앞으로 더 이상 일을 시키지 말라고 지시했다. 모두 다 나가고 총감독들만 남게 되자, 두 사람은 직접 5번 박스석을 점검해 보자고 의견을 모았다.

제 3 장

음악 천사

크리스틴 다에는 퇴임식 날의 화려한 성공을 계속 이어 나가지 못하고 예전의 생활로 돌아갔다. 떠들썩했던 그날 밤 이후, 그녀가 공식적인 자리에서 노래를 부른 것은 단 한 번뿐이었다.

이상하게도 그녀는 모든 초대와 공연 요청을 거절했다. 웬일인지 더 이상 자신의 삶을 통제하지 못하는 것 같았고, 또 새로운 성공을 두려워하는 듯했다.

아무래도 그 때 크리스틴은 자신에게 일어난 일에 두려움을 느끼고 있었던 것 같다. 그 무렵 그녀가 자신의 심경을 털어놓은 편지(이 편지는 페르시아 인이 보관하고 있던 편지들 중 하나다.)에는 이렇게 적혀 있었다.

노래를 부를 때면 저는 제 자신도 모르는 사람이 됩니다.

한편, 라울은 크리스틴을 만나려고 했지만 뜻대로 되지 않았다. 그녀는 어디에도 모습을 나타내지 않고 있었다. 그는 크리스틴에게 편지를 써 보낸 뒤 애타게 답장을 기다렸다. 기다림이 체념으로 변해 가던 어느 날, 뜻밖에도 그녀에게서 편지 한 장이 날아왔다.

라울에게

그 옛날, 제 스카프를 건지려고 바다 속으로 뛰어들었던 어린 소년을 저도 아직 잊지 않고 있습니다. 저는 지금 페로 기렉으로 갑니다. 그곳에 아버지가 생전에 아끼시던 바이올린과 함께 묻혀 계십니다. 당신도 그분을 기억하겠지요? 아버지는 당신을 무척 좋아하셨지요. 아버지는 그곳 교회 묘지에 계세요. 어린 시절, 우리가 함께 놀던 그 작은 교회 말입니다. 우리가 마지막 작별 인사를 했던 곳이기도 하지요.

라울은 서둘러 기차역으로 갔다. 기차가 멀고 먼 길을 달리는 동안, 라울은 크리스틴이 보낸 편지를 읽고 또 읽으며 어린 시절 가장 행복했던 날을 떠올렸다.

새벽이 밝아 올 무렵, 기차가 라니옹 역으로 들어섰다. 라울은 기차에서 내려 페로 기렉으로 가는 마차에 몸을 실었다. 그리고 마부에게서 파리에서 온 것으로 보이는 젊은 여자가 그 전날 페로 기렉으로 갔다는 이야기를 들었다. 그녀는 석양이라는 이름의 여관에 머물고 있다고 했다. 그곳에 가까워질수록 라울은 점점 더 어린 시절 그녀와의 아련한 추억에 사로잡혔다.

크리스틴의 아버지는 스칸디나비아 사람으로, 가난하고 평범한 농부였다. 그러나 바이올린 연주를 아주 잘해서, 그 명성이 스칸디나비아 전역에 널리 퍼져 있었다. 작은 시골 마을에서의 소박하지만 행복했던 나날은 크리스틴이 여섯 살 되던 해에 농부의 아내가 세상을 떠나면서 끝나고 말았다.

그 후 농부는 농장을 팔아 버리고, 딸과 함께 웁살라로 떠났다. 그러나 그곳에서 그들을 기다리고 있는 것은 벗어날 수 없는 가난뿐이었다.

다시 시골로 돌아온 농부는 딸을 데리고 이곳 저곳을 떠돌아다니며 연주를 했다. 그가 바이올린으로 슬픈 곡조를 연주할 때면, 그의 딸은 아름다운 목소리로 노래를 부르곤 했다.

그러던 어느 날, 발레리우스 교수가 우연히 두 사람의 연주와 노래를 듣고 감탄한 나머지 후원을 하기로 마음먹었다. 그의 눈에는 그 농부가 세상에서 바이올린을 가장 잘 연주하는 사람으로, 그의 딸은 그 누구보다 위대한 성악가의 자질을 타고난 것으로 보였다.

발레리우스 교수는 물심양면으로 크리스틴을 후원했고, 그런 노력에 힘입어 크리스틴의 실력 또한 빠르게 늘어 갔다. 그녀의 타고난 우아함과 아름다움은 점점 빛을 발했다. 거기에 다른 사람들을 즐겁게 해 주려는 그녀 자신의 노력이 더하여, 모든 사람들은 그녀의 매력에 사로잡혔다.

　발레리우스 부부는 크리스틴을 친딸처럼 사랑했다. 그들은 프랑스로 이주하게 되자, 크리스틴과 그녀의 아버지도 함께 데리고 갔다. 그러나 크리스틴의 아버지는 고향에 대한 그리움으로 시름시름 앓기 시작했다. 방 안에 틀어박혀 바이올린으로 구슬픈 곡조만 연주할 뿐이었다.

　어느 여름, 발레리우스 부부는 크리스틴의 아버지를 위해 브르타뉴 지방의 끄트머리에 있는 페로 기렉에서 휴가를 보내기로 했다. 그곳은 크리스틴 부녀가 떠나온 고향 마을과 너무나 닮은, 넓고 푸른 바다가 펼쳐진 곳이었다.

　크리스틴과 그녀의 아버지는 마을에 축제나 무도회가 있을 때면 예전처럼 바이올린을 연주하고 노래를 부르며 사람들을 즐겁게 했다. 밤이면 농장의 헛간을 빌려 잠을 잘 뿐, 음악을 들려주는 대가로 돈을 받지는 않았다.

　사람들은 편안한 잠자리와 돈을 마다하는 그들의 행동을 도무지 이해할 수가 없었다. 하지만 천사처럼 노래하는 예쁜 딸과 바이올린을 연주하는 아버지는 사람들의 관심거리가 되었고,

그들이 가는 곳에는 늘 사람들이 몰려들었다.

어느 날, 한 소년이 푸른 바다를 마주한 황금빛 모래밭으로 산책을 나왔다. 그곳에서는 한 소녀가 노래를 부르고 있었다. 그는 소녀의 순수하고 달콤한 목소리에 마음을 빼앗겨 뒤를 따라다녔다. 그런데 갑자기 세찬 바람이 불어와, 크리스틴의 스카프를 휘감아 바다 위로 떨어뜨렸다. 크리스틴은 소리를 지르며 팔을 뻗었지만, 스카프는 이미 저 멀리 파도 위에 둥둥 떠 있었다. 바로 그 때 그녀의 귓가에 소년의 목소리가 울렸다.

"괜찮아! 내가 스카프를 건져 올게."

그녀는 옷도 벗지 않은 채 재빨리 바다로 뛰어드는 한 소년을 보았다. 잠시 후 소년은 크리스틴의 스카프를 건져 왔다. 소년도 스카프도 물에 흠뻑 젖어 있었다. 크리스틴은 웃으면서 소년에게 감사의 표시로 입을 맞춰 주었다. 그 소년이 바로 친척 아주머니와 함께 라니옹에 머물고 있던 라울 샤니 자작이었다.

둘은 매일같이 만나서 함께 놀았다. 라울은 크리스틴의 아버지에게 바이올린을 배우기도 했다. 그리하여 크리스틴의 어린 시절을 지배했던 그 구슬픈 곡조를 라울도 사랑하게 되었다. 크리스틴의 아버지는 두 아이에게 아름답고 슬픈 옛날이야기를 자주 들려주었다.

"로테는 이 세상의 모든 것을 다 생각하고 있으면서도 정작 아무것도 알지 못하는 소녀였단다. 어린 로테는 장난감과 빨간 구두, 그리고 바이올린을 사랑했지. 하지만 무엇보다도 잠자리에 들 때마다 들려오는 음악 천사의 목소리를 좋아했단다.”

음악 천사는 크리스틴의 아버지가 들려주는 이야기에 늘 등장했다.

“훌륭한 음악가에게는 일생에 적어도 한 번은 음악 천사가 찾아온단다. 만약 천사가 아기에게 찾아온다면, 그 아기가 여섯 살이 되었을 때 쉰 살의 어른보다도 바이올린을 더 잘 연주하는 기적 같은 일이 일어나기도 하지. 로테가 바로 그런 경우란다.

지금껏 어느 누구도 그 천사를 본 적이 없지만, 운명을 타고난 사람이라면 그의 목소리를 들을 수 있어. 천사는 사람들이 전혀 예상하지 못하는 순간에 찾아오곤 하지. 그 순간이 오면 사람들은 천상의 음악과 일생 동안 기억하게 될 거룩한 목소리를 듣게 되는 거야.

음악 천사의 목소리를 들은 사람이 악기를 연주하거나 노래를 부르면 어찌나 아름답고 황홀한 소리가 나는지, 다른 소리들은 한순간에 무색해지고 말지. 사람들은 천사의 방문으로 그렇게 된다는 사실을 모르기 때문에, 그 사람에게 천재적인 재능이 있다고 말하는 거란다.”

그 이야기를 듣고 크리스틴이 물었다.

“아버지도 음악 천사의 목소리를 들어 본 적이 있어요?

아버지는 슬픈 표정을 지으며 고개를 저었다. 그러더니 돌연

두 눈에 광채를 띠며 이렇게 말했다.

"얘야, 너는 언젠가 음악 천사의 목소리를 듣게 될 게다! 내가 천국에 가면 너에게 그를 보내 주마!"

삼 년 뒤, 라울과 크리스틴은 페로 기렉에서 다시 만나게 되었다. 발레리우스 교수는 세상을 떠난 다음이었고, 크리스틴과 그녀의 아버지는 발레리우스 부인과 함께 프랑스에 남아 있었다. 라울은 페로 기렉에 도착하자마자 크리스틴을 만나기 위해 곧장 그들이 살던 집으로 갔다.

크리스틴은 라울을 보자 자기도 모르게 얼굴이 붉어졌다. 그들은 수줍음 때문에 저녁이 다 되도록 엉뚱한 이야기만 나누었을 뿐, 정작 자신들의 진실한 감정은 입 밖으로 드러내지 못했다. 마침내 작별의 시간이 왔을 때, 라울은 크리스틴의 떨리는 손에 입을 맞추며 말했다.

"난 결코 당신을 잊을 수 없을 겁니다!"

그러나 그는 곧 자신이 한 말을 후회하면서 자리를 떴다. 왜냐하면 크리스틴처럼 가난한 아가씨는 자작의 아내가 될 수 없다는 사실을 잘 알고 있었기 때문이다.

라울이 떠난 후, 크리스틴은 더 이상 라울을 생각하지 않으려고 애를 썼다. 그리고 오직 음악에만 마음을 쏟았다. 그녀는 놀랄 만큼 훌륭하게 발전하고 있었다. 그러나 아버지가 세상을 떠나자, 그녀의 아름다운 목소리도 사라져 버렸다. 아버지와 함께 자신의 목소리와 영혼, 그리고 천재적 재능까지도 잃어버린 것이었다. 그녀에게 남은 것이라고는 음악 학교에 간신히 입학할 수 있을 정도의 실력뿐이었다. 그리고 가끔씩 상을 타서 함께 사는 발레리우스 부인을 기쁘게 하는 정도였다.

오페라 극장에서 크리스틴을 다시 발견했을 때, 라울은 그녀의 아름다운 모습과 그와 함께 떠오르는 아련한 추억으로 가슴이 벅차올랐다. 크리스틴의 노래를 듣기 위해 오페라 극장에 올 때마다 그의 눈은 줄곧 크리스틴을 좇았지만, 그녀는 그를 알아보지 못하는 듯했다.

라울은 너무나 수줍은 나머지, 눈부시게 아름다운 그녀를 눈앞에 두고도 마음을 표현하지 못해 괴로웠다. 그러던 중 총감독들의 퇴임을 기념하는 공연이 있었고, 그날 마치 번개가 치듯 놀라운 일이 벌어졌다. 바야흐로 천상의 목소리가 지상에 울려 퍼졌고, 라울의 가슴은 그 목소리에 사로잡히고 말았다.

그런데…… 바로 그날, 문 밖에서 정체를 알 수 없는 남자의 목소리를 들은 것이었다.

"크리스틴, 당신은 나를 사랑해야 하오!"

그러나 문을 열어 보았을 때, 그 방에는 아무도 없었다.

스카프 이야기를 했을 때, 크리스틴은 왜 웃었을까? 그녀는 왜 나를 알아보지 못했을까? 그리고 나에게 편지를 보낸 이유는 무엇일까?

마침내 마차가 페로 기렉에 도착했다. 라울은 석양 여관으로 들어갔다. 담배 연기가 자욱한 응접실로 들어서자, 그곳에 크리스틴이 서 있었다. 그녀는 라울을 보고도 조금도 놀라는 기색이 없이 그저 미소를 지어 보였다. 이윽고 크리스틴이 말했다.

"오셨군요. 교회에서 돌아오면서 당신을 볼 수 있을 거라고 생각했지요. 누군가가 저에게 당신이 올 거라고 말해 주었으니까요."

"누가 말입니까?"

크리스틴의 작은 손을 잡으며 라울이 물었다.

"돌아가신 우리 아버지가요."

잠시 침묵이 흘렀다. 라울이 용기를 내어 입을 열었다.

"아버님께서 내가 당신을 사랑하고 있다는 말씀도 하시던가요? 당신 없이는 살 수 없다는 말도요?"

크리스틴의 얼굴이 빨개졌다. 그러더니 떨리는 목소리로 말했다.

"저를 말인가요? 지금 꿈을 꾸고 계시는 거죠?"

크리스틴은 자신의 감정을 숨기려는 듯 갑자기 웃음을 터뜨렸다.

"크리스틴, 웃지 말아요. 난 지금 진지해요."

그러자 그녀가 차분하게 대답했다.

"그런 말을 들으려고 이곳까지 오게 한 건 아니에요."

"그래요, 크리스틴. 나를 이곳에 오게 한 건 당신이에요. 내가 서둘러 페로 기렉에 오리라는 걸 당신은 알고 있었으니까요. 내가 당신을 사랑한다고 생각하지 않는다면 어떻게 그런 편지를 보낼 수 있단 말인가요?"

"저는 그저 이곳의 추억을 당신도 기억하고 있을 거라고 생각했을 뿐이에요. 사실…… 무슨 생각으로 그랬는지는 저도 잘 모르겠어요. 어쩌면 당신에게 편지를 보낸 게 실수였는지도 모르지요. 그날 밤, 당신이 갑자기 제 분장실에 나타나는 바람에 옛 추억을 떠올리게……."

라울은 크리스틴이 불안해 하는 것을 눈치챌 수 있었다. 뭐라고 딱 꼬집어 얘기할 수는 없지만, 고통스러운 사랑의 눈빛이 느껴졌다. 그 이유를 밝혀내고 싶었다.

"그날, 처음으로 나를 알아보았나요?"

"아니에요, 그 전부터 본걸요. 형님과 함께 있는 걸 여러 번 보았지요. 무대 위로 올라왔을 때도요."

"그럴 줄 알았어요! 그런데 왜 모른 척했죠? 스카프 얘기를 했을 때는 왜 웃은 건가요?"

라울은 화를 내듯 따져 물었다. 그는 부드럽고 사랑이 넘치는 말을 하고 싶은 바로 이 때에, 자신이 왜 그토록 퉁명스럽게 구는지를 도무지 알 수 없었다. 그러나 이미 엎질러진 물이었다. 그는 어찌할 줄을 모른 채 계속해서 편치 않은 표정으로 말했다.

"대답을 못하는군요! 그렇다면 내가 대신 대답하지요. 크리스틴, 그건 그 방에 누군가가 있었기 때문이오. 당신은 당신의 마음이 다른 사람에게 향하고 있다는 걸 그에게 들키고 싶지 않았던 겁니다!"

"지금 무슨 말씀을 하고 계시는 건가요? 누구를 두고 말하는 거지요?"

"당신이 '전 오직 당신만을 위해 노래를 불렀어요! 오늘 밤 저는 당신에게 영혼을 바쳤어요. 지금 저는 죽은 것과 다름없어요!'라고 말한 바로 그 사람 말입니다."

갑자기 크리스틴이 코앞으로 다가오더니, 연약한 여자의 손이라고는 믿기지 않을 정도로 강하게 라울의 팔을 움켜잡으며 물었다.

"문 밖에서 엿듣고 있었던 거예요?"

"그래요, 듣고 있었어요. 당신을 사랑하니까요……. 모든 것을 다 들었어요……."

"무슨 말을 들었다는 거지요?"

그녀가 이상하리만큼 침착하게 물었다. 그러면서 슬그머니 손을 내려놓았다.

"그 남자가 당신에게 '크리스틴, 당신은 나를 사랑해야만 하오!'라고 말하더군요."

그 순간 크리스틴의 얼굴이 몹시 창백해졌다. 마치 기절이라도 할 것처럼 보여, 라울은 재빨리 그녀를 붙잡았다. 그러나 크리스틴은 곧바로 정신을 차리더니, 작지만 단호한 목소리로 말했다.

"당신이 들은 것을 하나도 빼놓지 말고 모두 말해 보세요."

"그 사람이 이렇게 말하는 것도 들었어요. '당신의 영혼은 아름답소. 어떤 대단한 왕도 그런 훌륭한 선물은 받지 못했을 거요. 오늘 밤에는 하늘의 천사들도 눈물을 흘렸을 것이오.'라고요."

크리스틴은 두 손으로 가슴을 감싸고 마치 넋이 나간 사람처럼 멍하니 앞을 바라보았다. 라울은 안타까움과 두려움에 사로잡혔다.

"크리스틴!"

라울이 두 팔로 그녀를 안으려고 했지만, 크리스틴은 몸을 빼고 달아나 버렸다.

라울은 어떻게 해야 좋을지 알 수가 없었다. 크리스틴과 보내리라 꿈꾸었던 시간이 점점 지나가 버리고 있었다. 크리스틴은 방으로 들어가 문을 잠그고는 꼼짝도 하지 않았다.

그날 저녁 라울은 교회 묘지로 산책을 나갔다. 교회의 담벼락에는 수천 개의 해골과 뼈다귀들이 철사로 얽혀, 벽돌처럼 차곡차곡 쌓아 올려져 있었다. 이렇게 만들어진 구조물 위에 성소(聖所)의 문이 세워져 있었다. 이것은 브르타뉴의 오래된 교회에서 흔히 볼 수 있는 풍경이었다.

라울은 크리스틴을 위해 기도를 올렸다. 그러고는 언덕으로 올라가 자리를 잡고 앉았다. 어린 시절, 크리스틴과 함께 자주 오르던 언덕이었다. 얼음처럼 찬 어둠에 둘러싸여 바다를 내려다보고 있었지만, 추위는 전혀 느낄 수 없었다. 그 때 등 뒤에서 어떤 소리가 들려오는 바람에 깜짝 놀라 벌떡 일어섰다. 크리스틴이 이쪽을 향해 올라오고 있는 것이 아닌가!

그녀는 라울 앞에 조용히 다가섰다.

"라울, 당신에게 아주 중요한 이야기를 하기로 마음먹었어요……. 음악 천사 이야기를 기억하시나요?"

"물론 기억해요. 당신 아버지에게서 그 이야기를 처음 들은 곳이 바로 여기잖아요."

"아버지가 말씀하셨지요. '얘야, 내가 천국에 가면 너에게 천사를 보내 주마.'라고요. 라울, 우리 아버지는 지금 천국에 계시고…… 제게 음악 천사를 보내 주셨어요. 음악 천사는 날마다 제 분장실에 와서 저에게 교습을 한답니다."

"당신의 분장실에서요?"

"그래요, 하지만 그 목소리를 들은 것은 나뿐만이 아니에요."

"또 누가 들었지요?"

"당신이요."

"내가요? 내가 음악 천사의 목소리를 들었다고요?"

"당신이 그날 문 밖에서 들은 목소리가 바로 음악 천사의 목소리예요. 하지만 저는 그 목소리가 저한테만 들리는 것으로 알고 있었지요. 그러니 오늘 아침 당신이 그 목소리를 들었다고 말했을 때 얼마나 놀랐는지…….”

라울은 그만 웃음을 터뜨리고 말았다. 갑작스런 라울의 행동 때문에 크리스틴은 몹시 화가 났다.

“왜 웃죠? 제가 다른 남자와 같이 있었다고 생각했나요? 도대체 무슨 생각을 하는 거죠?”

“나는…….”

크리스틴이 분노에 찬 목소리로 묻자, 라울은 당황하여 대답을 하지 못했다.

“샤니 자작님, 저는 분장실 문을 걸어 잠그고 남자와 단둘이 있는 그런 여자가 아니에요! 만약 당신이 문을 열어 보았다면 방 안에 아무도 없었다는 사실을 알았을 거예요!”

“맞아요! 당신이 자리를 뜬 뒤 문을 열어 보았어요. 방 안에는 아무도 없었어요.”

“그럼 당신도 알았겠군요. 그런데 왜 웃으시는 거죠?”

라울은 조심스럽게 대답했다.

“크리스틴, 내 생각엔 누군가가 당신을 놀리고 있는 거예요.”

이 말을 듣자 크리스틴은 더는 참지 못하고 울음을 터뜨리며 달려가 버렸다. 라울이 쫓아갔지만 그녀는 날카롭게 소리쳤다.

“내버려 둬요! 그냥 내버려 둬 달라니까요!”

크리스틴의 모습이 사라진 뒤, 라울은 지치고 슬픈 마음으로 여관으로 돌아왔다. 크리스틴은 돌아오자마자 곧장 자기 방으로 들어가 버리고는, 라울과 얼굴조차 마주치지 않으려 했다. 그는 잠이라도 자 보려고 노력했지만, 정신이 더욱더 또렷해질 뿐이었다. 크리스틴의 방에서는 아무런 소리도 들리지 않았다.

열한 시 삼십 분쯤 되었을까? 크리스틴의 방문이 조심스럽게 열리는 소리가 들려왔다. 누군가가 살금살금 걷는 발소리도 들렸다. 라울은 살그머니 문을 열어 보았다. 눈부시게 하얀 옷을 입은 크리스틴이 계단을 내려가고 있었다. 그녀는 아래층에서 누군가와 잠시 이야기를 나누더니 곧 여관 밖으로 나갔다. 라울은 창문을 열고 어딘가로 향하는 그녀의 모습을 지켜보았다.

라울이 묵고 있는 방은 이층이었지만, 그다지 높지 않았다. 그는 창 쪽으로 가지를 뻗고 있는 커다란 나무의 튼튼한 가지 하나를 움켜잡았다. 곧 그 나무를 타고 내려가 그녀가 사라진 방향으로 조심스럽게 따라갔다.

다음 날 아침, 그는 몸이 꽁꽁 얼어서 죽었는지 살았는지 알 수 없는 상태로 여관으로 실려 왔다. 교회의 계단 위에 쓰러져 있는 것을 누군가가 발견했던 것이다. 여관 주인은 라울을 방 안으로 옮겨 놓은 뒤, 곧바로 크리스틴에게 달려가서 라울의 상태를 전했다.

크리스틴은 온 정성을 다해 라울을 보살폈다. 덕분에 그는 얼마 지나지 않아 눈을 떴다. 그리고 사랑스러운 크리스틴의 얼굴을 보자 곧바로 기력을 회복했다.

몇 주일 후 오페라 극장에서 비극이 벌어졌을 때, 사건 조사를 맡은 수사관 미프루아는 라울에게 그날 밤 무슨 일이 일어났는지 자세히 물었다.

라울은 크리스틴을 쫓아 교회로 갔다고 말했다. 크리스틴은 아버지의 무덤 앞에 무릎을 꿇고 앉아 기도를 하기 시작했다. 그 순간 자정을 알리는 종소리가 울렸다. 그러자 그녀가 갑자기 하늘을 우러러보며 두 팔을 펼쳤다. 이유를 몰라 어리둥절해 하는 라울의 귀에 익숙한 음악 소리가 들려왔다.

어렸을 적에 크리스틴의 아버지가 그들에게 연주해 주곤 하던 〈라자로의 부활〉이었다. 그러나 그날의 음악 소리는 이 세상에서 한 번도 들어 보지 못한, 그야말로 천상의 소리였다. 크리스틴의 아버지도 그렇게 연주하지는 못했다. 그런데 갑자기 음악 소리가 뚝 그쳤다. 크리스틴은 자리에서 일어나 교회의 정문으로 걸어갔다. 그녀는 무언가에 넋을 빼앗긴 듯, 그곳에 서 있는 라울을 보지 못한 채 그대로 지나쳐 갔다.

라울이 그 자리를 떠나려고 할 때, 발 밑으로 해골 하나가 굴러 왔다. 잠시 후에 해골이 또 하나 굴러 오더니 이내 또 다른 해골이 굴러 오는 것이 보였다. 그리고 또 다른 해골……. 그 순간 정체를 알 수 없는 그림자 하나가 교회의 담벼락을 따라 움직이는 것이 보였다. 그는 재빨리 그림자를 쫓았다.

그림자가 어느새 교회의 문을 열고 안으로 들어가려는 찰나 라울이 그림자의 망토 끝자락을 붙잡았다. 그림자가 고개를 돌렸을 때 라울은 경악하고 말았다. 무시무시한 죽음의 얼굴과 이글거리는 두 눈을 보았던 것이다. 라울은 수사관에게 마치 악마와 대면한 듯한 느낌이었다고 말했다. 그러고 나서 그는 기절을 했고, 여관으로 옮겨져 의식을 회복하기 전까지의 상황은 아무것도 알지 못했다.

한편 리샤르와 몽샤르맹은 문제의 5번 박스석을 직접 살피러 갔다. 그들은 일층 앞쪽에 있는 로얄석에 서서 이층에 있는 5번 박스석을 올려다보았다. 극장 안은 어둠에 싸여 있어 앞이 잘 보이지 않았다. 그러다 5번 박스석 안에서 검은 형체가 어른거리는 것을 보았다. 순간 두 사람은 서로의 손을 꽉 잡은 채 눈을 크게 부릅떴다. 그러나 그 형체는 순식간에 사라져 버렸다.

두 사람은 간신히 정신을 수습하고 황급히 로비로 나가, 방금 전에 본 형체에 대해 이야기를 나누었다. 그런데 두 사람이 본 형체가 서로 일치하지 않았다. 몽샤르맹은 해골처럼 생긴 죽음의 얼굴이 좌석 가장자리에 걸터앉아 있는 것을 보았고, 리샤르는 지리 부인과 닮은 늙은 여인의 모습을 보았던 것이다.

두 사람은 5번 박스석으로 달려갔다. 그러나 아무도 없었다. 박스석 안에 있는 옷걸이와 의자 밑을 들춰 보았지만 별다른 것

을 발견하지 못했다. 유령이 앉는다는 안락의자도 그저 평범한
것에 불과했다.

"사람들이 우리를 놀리고 있군그래!"

리샤르가 소리쳤다.

"이번 토요일에는 우리가 직접 5번 박스석에 앉아 공연을 보
기로 하세!"

제 4 장

끔찍한 저주

토요일 아침, 리샤르와 몽샤르맹은 오페라의 유령이 보낸 편지 한 통을 받았다.

  총감독 선생들께

  자, 그렇다면 이제 전쟁인가요? 만약 당신들이 아직도 평화를 원한다면 내가 제시하는 다음 네 가지 조건을 지켜 주기 바라오.

  1. 5번 박스석을 나 혼자 사용할 수 있도록 돌려주시오.

  2. 오늘 저녁 〈파우스트〉 공연의 마르가리타 역은 크리스틴 다에가 맡아야 하오. 카를로타가 맡을 수는 없을 거요. 틀림없이 병이

날 테니까.

3. 지리 부인이 다시 내 좌석 관리를 해 주었으면 하오. 그녀에게 일자리를 돌려주시오.

4. 규정집에 적힌 계약 조건을 받아들이고 나에게 돈을 지불하겠다면, 지리 부인을 통해 편지로 확실히 알려 주시오.

만약 이 조건을 받아들이지 않는다면, 오늘 밤 〈파우스트〉 공연 때 상상도 못할 재앙이 일어날 것이오.

—오페라의 유령

그 때 사무실 문이 열렸다. 지리 부인이 편지 한 통을 들고 불쑥 들어왔다.

"실례합니다. 오늘 아침에 오페라의 유령에게서 편지를 받았는데…… 두 분을 찾아가면 뭔가……."

지리 부인은 미처 말을 끝맺지 못했다. 리샤르가 너무나도 험악한 표정을 짓고 있었기 때문이다. 리샤르는 그녀의 어깨를 꽉 붙잡아 몸을 휙 돌려세우더니, 발길질을 하여 밖으로 쫓아냈다. 지리 부인의 치마 뒷자락에 발자국이 선명하게 남을 정도였다. 지리 부인은 리샤르의 푸대접에 분노하여 온 극장이 쩌렁쩌렁 울리도록 욕설과 협박을 퍼부었다. 그 때 공연의 시작을 알리는 종소리가 울려 퍼졌다.

한편 그 시각, 포부르 생 오노레 거리의 작은 집에 살고 있는 카를로타에게 익명의 편지 한 통이 배달되었다. 편지에는 붉은 잉크로 이러한 내용이 씌어 있었다.

만약 당신이 오늘 밤 오페라 극장에 나타난다면, 노래를 부르려고 입을 여는 순간 큰 불행이 닥칠 것이오. 죽음보다도 더 끔찍한 불행이.

그녀가 이런 식의 편지를 받은 것은 처음이 아니었다. 하지만 이렇게까지 심한 협박이 담긴 편지는 생전 처음이었다. 카를로타는 자신을 해치려는 음모가 있는 것이 분명하다고 생각했다. 그러나 자신이 그만한 일로 겁먹을 사람이 아니라는 것을 다시 한 번 상기했다. 실제로 음모는 카를로타가 꾸미고 있었다. 불쌍한 크리스틴을 해하려는 것이었다. 물론 크리스틴은 이러한 사실을 전혀 눈치채지 못하고 있었다.

카를로타는 크리스틴이 자신을 대신해 노래를 불렀을 때에 거둔 대성공을 결코 용서할 수 없었다. 그날 밤 이후로 카를로타는 단 한마디 불평도 없이 자신의 역할에 최선을 다했다. 그리고 영향력이 있는 친구들에게 부탁하여, 크리스틴이 다시는 기회를 얻지 못하도록 총감독들을 회유했다.

편지를 받은 그날, 카를로타는 자신을 지지하는 사람들을 모두 불러 모았다. 그러고는 크리스틴이 자신을 위협하고 있다고 말했다. 그녀는 공연 때 자신을 지지하는 사람들이 극장을 가득 메워서, 자신을 위협하는 그 어떤 시도도 수포로 돌아가게 해야 한다고 부탁했다.

곧이어 리샤르의 비서가 카를로타의 건강 상태를 알아보기 위해 방문했다. 그녀는 자신의 긴강에는 아무런 문제가 없으며, 설사 죽을 지경에 놓여 있다고 해도 그날 밤 마르가리타 역을 맡아 꼭 노래를 부르겠다고 말했다.

붉은 잉크로 쓴 두 번째 편지가 도착한 것은 오후 다섯 시였다. 편지는 짧고 간단했다.

당신은 지금 당장 독감에 걸려야만 하오. 당신이 정말로 현명한 사람이라면, 오늘 밤 노래를 부르는 것이 얼마나 미친 짓인지 잘 알 것이오.

그러나 카를로타는 꿈쩍도 하지 않았다.

그날 밤 카를로타의 지지자들이 오페라 극장을 가득 메웠다. 그들은 적으로 보이는 사람들을 찾으려고 이리저리 고개를 돌려 살피고 있었다. 그러나 평소와 다른 것이라곤 조금도 눈에 띄지 않았다. 굳이 한 가지 다른 점을 꼽자면 리샤르와 몽샤르맹이 5번 박스석에 앉아 있다는 것이었다.

유령의 의자에 앉아 있던 리샤르가 몽샤르맹에게 장난스럽게 물었다.

"유령이 자네의 귀에 뭐라고 속삭이던가?"

몽샤르맹도 농담하듯 대답했다.

"그렇게 서두르지 말고 기다려 보세. 공연이 이제 막 시작되었으니까. 자네도 알다시피 유령은 보통 1막 중반쯤에야 나타난다고 하지 않던가."

1막이 진행되는 동안에는 아무 일도 일어나지 않았다. 당연히 카를로타의 지지자들이 놀랄 만한 일도 없었다. 1막에서는 마르가리타가 등장하지 않아서 카를로타가 노래를 부르는 대목이 없기 때문이었다. 막이 내리자 총감독들은 서로의 얼굴을 바라보았다.

"1막이 끝났어!"

몽샤르맹이 먼저 말했다.

"그렇군. 유령이 좀 늦는 모양이야."

리샤르가 대꾸했다.

"그렇게 나쁘지 않군그래. 저주가 내린 오페라 공연치고는 말이야."

몽샤르맹이 말했다.

리샤르는 미소를 지으며 관람석 한가운데의 로얄석을 손가락으로 가리켰다. 그곳에는 싸구려 코트를 입은 남자 두 명과 밝은 색 옷을 입은 뚱뚱한 여자 한 명이 앉아 있었다.

"저 사람들은 누구지?"

몽샤르맹이 물었다.

"내 하녀라네. 옆에 앉은 남자들은 하녀의 남편과 동생이고."

"자네가 저들에게 표를 주었나?"

"그랬지. 내 하녀가 오페라 구경을 한 번도 못했다고 하더군. 이제 매일 밤 이곳에 올 테니, 한 번쯤 로얄석에 앉아 봐도 좋지 않겠나. 앞으로 좌석 관리하는 일을 맡게 될 테니까."

리샤르는 자기 하녀에게 지리 부인이 하던 일을 시키겠다고 말했다. 그런 다음에도 5번 박스석에서 이상한 일이 일어나는지 두고 보자는 것이었다.

잠시 후 2막이 시작되고, 크리스틴이 무대에 등장했다. 젊은 남자의 옷차림을 하고 있었는데, 꽤 멋진 모습이었다. 카를로타의 지지자들은 크리스틴의 등장과 함께 무슨 일이든 일어날 것이라고 생각했지만, 아직까지는 그 어떤 낌새도 없었다.

뒤이어 마르가리타가 무대를 가로지르며 화려하게 나타났다. 그녀는 고작 두 소절을 노래했을 뿐인데, 관객들의 열렬한 박수를 받았다. 그리고 2막이 끝날 때까지 아무런 일도 일어나지 않았다.

총감독들은 2막이 끝나자 잠시 박스석에서 나왔다. 다시 박스석으로 들어갔을 때 작은 선반 위에 사탕 상자 하나가 놓여 있는 것을 발견했다. 누가 가져다 놓았을까? 두 사람은 복도로 나가 좌석 관리인들에게 물어보았다. 하지만 아는 사람은 아무도 없었다.

다시 자리로 돌아오자 이번에는 오페라 안경이 놓여 있었다. 두 사람의 머릿속에 지리 부인이 했던 이야기가 하나하나 떠올랐다……. 그리고…… 주위의 공기가 이상하게 서늘해지는 것 같은 느낌을 받았다. 그들은 아무 말 없이 자리에 앉았다.

이제 3막의 막이 오르고 크리스틴이 다시 무대에 등장했다. 크리스틴은 노래를 부르기 시작할 때, 샤니 백작 옆에 앉아 있는 라울의 모습을 보았다. 그 순간부터 그녀의 목소리가 조금씩 흔들리기 시작했다. 무언가가 그녀의 목소리에서 생기를 빼앗아 가고 있는 것 같았다.

크리스틴의 노래를 듣고 있던 라울이 두 손으로 머리를 감싸며 작게 흐느끼기 시작했다. 샤니 백작은 곤란한 듯한 표정을 짓더니, 어쩔 줄 모르고 인상을 찌푸렸다. 사실 백작은 대단히 화가 난 상태였다.

라울이 페로 기렉에서 너무나 초췌한 몰골로 돌아오자, 백작은 크리스틴을 만나 봐야겠다는 생각이 들었다. 그래서 몇 차례 만나기를 청했으나 번번이 거절당했다. 샤니 백작은 라울에 대해 무엇이든 그녀와 이야기를 나누고 싶었으나 그럴 수 없게 되자, 크리스틴이 무척 괘씸하게 여겨졌다.

라울은 파리로 돌아온 후, 크리스틴에게서 받은 편지 말고는 아무것도 생각할 수 없게 되었다. 그 편지는 그녀가 한밤중에 먼저 몰래 떠난 후에 보낸 것이었다.

다정한 어린 시절의 친구에게

라울, 당신은 이제 더 이상 나를 만나지 않겠다는 결심을 해야 합니다. 나를 정말로 사랑한다면 그렇게 해 주세요. 그래도 나는 평생 당신을 잊지 않을 거예요. 라울, 우리 두 사람의 생명이 달린 문제입니다.

—크리스틴

카를로타가 등장했다. 관객들이 열렬한 환호를 보냈다. 그녀는 열정을 다해 노래를 불렀다. 카를로타 자신이나 오페라 극장을 가득 메운 그녀의 지지자들 모두 그날의 성공을 강하게 확신했다.

그런데 갑자기 끔찍한 일이 벌어졌다. 마르가리타가 파우스트의 노래에 답하는 대목이었다. 카를로타의 입에서 마치 두꺼비가 우는 듯한 이상한 소리가 터져 나왔다.

"쾌-액!"

카를로타의 얼굴이 일그러졌다. 관객들은 당혹스런 표정을 지으며 술렁거렸다. 순식간에 공포와 두려움의 기운이 퍼지기 시작했다. 세상에 이런 재앙이 어디 있단 말인가!

이 짧은 순간, 5번 박스석에 앉아 있던 몽샤르맹과 리샤르의 얼굴이 백지장처럼 하얘졌다. 도저히 말로는 설명할 수 없는 기괴한 사건이 그들의 마음을 공포로 가득 채웠다. 그러다 갑자기 서늘한 기운이 다가왔다. 으스스한 유령의 숨결이 느껴졌다. 몽샤르맹의 머리카락이 쭈뼛 일어섰고, 리샤르는 이마에 흐르는 땀을 닦아 냈다.

그랬다, 유령은 분명히 그들 곁에 있었다. 그들의 뒤에서, 그리고 앞에서 맴돌고 있었던 것이다. 유령의 존재를 눈으로 볼 수는 없었지만 피부로 느낄 수는 있었다. 유령의 숨소리가 너무나도 가깝게 들렸다!

두 사람은 몸을 부르르 떨면서 도망칠까도 생각해 보았다. 그러나 감히 그럴 수 없었다. 한 발짝도 움직일 수 없었고, 단 한 마디 말도 할 수 없었다. 자신들이 그의 존재를 눈치 챘다는 것을 유령에게 들킬지도 모를 일이었다. 또 어떤 일이 벌어질지 몰랐다.

그 때 다시 한 번 그 끔찍한 소리가 들렸다.

"쾌-액!"

이 소리를 듣고 몽샤르맹과 리샤르는 공포에 떨며 비명을 질렀다. 비명 소리가 오페라 극장 전체에 울려 퍼졌다. 그들은 카를로타를 뚫어지게 바라보았다. 도대체 그녀에게 무슨 일이 일

어난 것인가. 그제야 문득 깨달았다. 그녀는 다가올 더 큰 재앙
의 신호탄이라는 것을! 유령이 경고한 대로 오페라 극장에 재앙
이 다가오고 있었다! 리샤르는 카를로타에게 다급히 소리를 질
렀다.

"어서 계속해!"

카를로타는 다시 노래를 부르기 시작했다. 그러나 또다시 쾌
액! 쾌액! 하는 두꺼비 소리만 날 뿐이었다.

총감독들은 무너지듯 의자에 털썩 주저앉았다. 유령이 그들
의 등 뒤에서 조용히 웃고 있었다. 마침내 두 사람의 오른쪽 귓
가에서 유령의 목소리가, 입도 없이 말을 하는 믿기 어려운 목
소리가 속삭였다.

"카를로타의 노랫소리에 샹들리에가 떨어지겠군!"

그와 동시에 두 사람은 천장을 올려다보면서 끔찍한 비명을
질렀다. 엄청난 무게의 샹들리에가 무서운 속도로 떨어지고 있
었다. 쾅! 샹들리에는 로얄석 한가운데로 떨어져 산산조각이 났
다. 공포에 가득 찬 비명 소리가 울려 퍼지고, 사람들은 일제히
문을 향해 허둥지둥 달려갔다.

다음 날 신문에 이 사건을 다룬 기사가 실렸다. 샹들리에는 태
어나서 처음으로 그날 오페라를 보러 온 불쌍한 한 여자의 머리
위로 떨어졌다. 지리 부인의 좌석 관리인 자리를 대신 맡기로
한 바로 그 여자였다. 여자는 그 자리에서 사망했다. 신문들은

이런 머릿기사로 그 사건을 대서특필했다.

　　한 여자의 머리 위로 이백 킬로그램의 샹들리에가 떨어지다

　　그날 밤은 모두에게 끔찍한 순간이었다. 카를로타는 그 뒤로 몸져눕고 말았다. 크리스틴은 공연이 끝난 뒤 자취를 감추어 버렸다. 이후 두 주 동안 그 어느 곳에서도 그녀를 볼 수 없었다.

　　라울은 크리스틴의 소식을 듣기 위해 발레리우스 부인의 집으로 편지를 보냈지만 답장을 받지 못했다. 그러다 마침내 오페라 극장의 프로그램 안내서에서 크리스틴의 이름이 사라져 버렸고, 〈파우스트〉는 크리스틴 없이 공연되었다.

　　라울은 몹시 걱정이 되었다. 크리스틴이 자취를 감춘 이유를 알아내기 위해 총감독 사무실로 찾아갔다. 두 사람에게서는 예전의 당당하고 생기 있던 모습을 전혀 찾아볼 수 없었다. 그들은 샹들리에가 떨어져 내린 사건에 대해서 아예 입을 열려고 하지 않았다. 어딘가 멍해 보이면서도 큰 비밀을 감추고 있는 듯한 모습 때문에, 사람들 사이에 여러 가지 억측들이 난무했다.

　　어찌 되었든 두 사람은 부분적으로는 그 일에 책임이 있었다. 하녀의 사망은 우연의 일이었을지 몰라도, 전임 총감독들과 새로 부임한 총감독들이 샹들리에를 보수할 필요가 있는지 사전에 미리 점검했어야 한다는 말들이 돌았다.

총감독들은 모든 사람들에게 짜증을 냈다. 오직 한 사람 지리 부인에게만은 예외였다. 지리 부인은 이미 일자리를 되찾은 상태였다. 두 사람은 크리스틴의 안부를 묻는 라울에게도 시큰둥하게 대했다. 그리고 그에게 크리스틴이 건강상의 이유로 무기한 자리를 비울 것이라는 대답만 할 뿐이었다.

라울은 발레리우스 부인을 찾아가 보기로 결심했다. 크리스틴은 절대로 자신을 만나서는 안 된다고 말했지만, 지금까지의 상황으로 볼 때 어떤 음모가 진행되고 있는 것이 분명했다.

발레리우스 부인은 병중에도 불구하고 기꺼이 그를 만나 주었다. 그녀는 머리가 하얗게 세어 있었을 뿐 아니라 거동까지 불편했지만, 눈빛만은 마치 아이처럼 맑았다.

"샤니 자작! 하늘이 자네를 이곳에 보내 주었군! 이제 크리스틴에 대해서 이야기를 함께 나눌 수 있겠어!"

그녀가 기뻐서 탄성을 지르듯 말했다.

"부인……, 크리스틴은 지금 어디에 있습니까?"

"그 애는 지금 자신의 수호신과 함께 있다네. 음악 천사하고 말이야!"

노부인은 침착하게 대답했다. 그러고는 손가락을 입술에 갖다 대며 경고했다.

"어느 누구한테도 절대로 말해서는 안 된다네! 이리 와서 어렸을 때처럼 내 손을 좀 잡아 주게나. 라울, 난 자네를 아주 좋아했지. 크리스틴도 자네를 좋아하고."

"크리스틴이 절 좋아했다고요? 왜 그렇게 생각하시지요?"

그가 나지막한 소리로 물었다.

"그 애는 날이면 날마다 자네 이야기를 하곤 했지. 자네가 결혼하자고 했다고도 하더군."

그녀가 웃기 시작했다. 라울은 당혹스럽기도 하고 괴롭기도 해서 의자에서 벌떡 일어났다.

"왜 그러나? 벌써 가려고? 이렇게 그냥 가서는 안 되지. 웃어서 미안하네. 자네는 그 아이의 마음을 몰랐단 말인가? 하기는 크리스틴이 자유로운 몸이라고 생각했으니 청혼도 했겠지."

"크리스틴이 다른 사람과 결혼이라도 하나요?"

라울은 감정을 억제하려고 애쓰며 물었다.

"천만에! 자네도 알다시피 크리스틴은 본인이 원해도 결혼을 할 수 없는 몸이잖은가."

"아니요, 저는 아무것도 모릅니다! 크리스틴이 왜 결혼할 수 없다는 건가요?"

"음악 천사가 못하게 하기 때문이지! 만약 결혼을 한다면 다시는 자기의 목소리를 들을 수 없다고 했다네. 영원히 그 아이 곁을 떠날 거라고 했단 말이야. 크리스틴으로서는 음악 천사를 떠나보낼 수는 없지 않겠는가."

"그래요, 맞아요."

라울은 이해할 수 없었지만 일단 맞장구를 쳤다.

"나는 그 애가 페로 기렉에서 자네에게 모든 것을 털어놓았다고 생각했는데……. 아무튼 크리스틴은 아버지의 무덤에서 음악 천사를 만나기로 했지. 음악 천사는 그 애 아버지의 바이올린으로 〈라자로의 부활〉을 연주해 주기로 약속했다더군."

"부인, 그 천사가 어디에 살고 있는지 알려 주실 수 있나요?"

"천국에 살고 있지!"

노부인의 단순한 대답에 라울은 깜짝 놀랐다. 뭐라고 말해야 좋을지 혼란스럽기만 했다. 그제야 미신을 믿는 스칸디나비아 출신의 바이올린 연주자와, 역시 미신을 믿는 노부인의 손에 자란 젊은 아가씨의 마음이 과연 어떤 상태일지 알 수 있을 듯했다. 그러자 불안한 느낌이 들었다.

"크리스틴이 그 천사를 안 지 얼마나 되었나요?"

"석 달쯤 됐을까……. 그래, 석 달 전부터 천사가 교습을 해 주기 시작했다네."

"천사가 그녀에게 교습을 해 주다니요? 어디서요?"

"분장실이라네. 아무도 없는 아침 여덟 시, 오페라 극장의 그 애 분장실이라면 아무 방해도 받지 않고 연습할 수 있지. 물론 지금은 크리스틴이 천사와 함께 어디론가 가 버렸기 때문에 어디에서 하는지 알 수가 없다네."

라울은 더 이상 그 자리에 머물 수 없었다. 비참한 마음을 안은 채 급히 그곳에서 나와 집으로 돌아갔다. 크리스틴의 순수함을 믿었던 자신이 한없이 바보같이 느껴졌다. 음악 천사라니! 그는 분명 반지르르한 외모의 바람둥이 가수일 것이다.

"아, 나란 인간은 얼마나 어리석단 말인가! 크리스틴, 그녀는 정말 뻔뻔하고 잔인한 여자야!"

라울은 자신을 기다리고 있던 형의 팔에 안겨 어린아이처럼 흐느꼈다. 물론 형에게 음악 천사 이야기를 할 수는 없었다. 그랬다가는 동생의 정신 상태가 온전치 않다고 생각할지도 모르기 때문이었다.

샤니 백작은 절망감에 빠진 라울을 위로하려는 듯 이렇게 말했다.

"어젯밤에 숲에서 크리스틴이 어떤 남자와 함께 마차를 타고 가는 것을 누군가가 봤다는구나."

라울은 처음에는 그 말을 믿으려 하지 않았다. 그러나 형이 너무나도 자세하게 설명하자 점점 귀 기울여 듣지 않을 수 없었다. 달이 밝게 비치는 밤이어서 크리스틴의 얼굴은 확실히 보였지만, 뒤로 기대어 앉은 남자의 모습은 마치 그림자처럼 보였다고 했다. 마차는 여유롭게 산책이라도 하듯이 천천히 지나갔다는 것이다.

그날 저녁, 라울은 형과 함께 저녁 만찬에 참석했다. 하지만 마음이 불편하여 일찍 자리를 떴다. 그리고 열 시쯤에는 크리스틴을 보았다는 그 숲에 가 있었다. 몹시 추운 탓인지, 달빛만이 훤할 뿐 사람의 흔적이라고는 전혀 없었다. 삼십 분가량 기다리자 드디어 마차 한 대가 모퉁이를 돌아 조용히, 그리고 천천히 다가왔다.

"크리스틴!"

창문에 기대고 있는 창백한 여인의 얼굴을 보자, 라울의 입에서 자신도 모르게 크리스틴의 이름이 튀어나왔다. 그러나 그것은 큰 실수였다. 마차가 갑자기 속력을 내더니 빠르게 그를 지나쳐 갔다. 누군가가 재빨리 창문을 닫는 바람에 크리스틴의 얼굴은 이내 사라져 버렸다.

라울은 몇 번이고 크리스틴의 이름을 소리쳐 불렀지만, 마차는 그 외침에 아랑곳하지 않고 금세 멀어져 갔다. 라울의 마음은 창백하고 싸늘한 겨울밤 속으로 한없이 추락하였다. 그는 이제 오로지 죽음만을 생각하고 있었다.

다음 날 아침 하인이 라울의 방으로 들어갔을 때, 그는 옷도 갈아입지 않고서 침대에 우두커니 앉아 있었다. 하인은 평소와 다른 모습의 라울을 보고 뭔가 큰일이 일어난 것이라고 생각했다. 한참 동안 꼼짝하지 않고 있던 라울이 하인의 손에 편지가 들려 있는 것을 발견하고는 거칠게 낚아챘다. 크리스틴의 편지였다.

라울에게

모레 밤에 오페라 극장에서 가면 무도회가 열립니다. 그 무도회에 참석하세요. 그리고 자정이 되면 계단 뒤에 있는 작은 방으로 가세요. 대연회실로 통하는 문 근처에 서 있으면 돼요. 누구에게도 절대로 말을 해선 안 돼요. 하얀 가면을 쓰고 코트를 입으세요. 당신이 진정 나를 사랑한다면 그 누구도 당신을 알아보지 못하게 해야 합니다.

　　—크리스틴

제 5 장

가면 무도회

진흙이 잔뜩 묻어 있는 편지 봉투에는 "샤니 자작에게 전해 주세요."라고만 적혀 있었다. 누구든 편지를 발견한 사람이 전해 줄 것이라는 한 줄기 희망만 가지고 마차에서 급하게 던진 것일까?

라울은 편지를 읽고 또 읽었다. 크리스틴은 포로로 잡혀 있는 것일까? 도대체 어떤 이가 그녀를 납치했을까? 그리고 어떻게 납치를 한 것일까? 아니면 그녀가 나를 희롱하고 있는 것일까?

라울은 크리스틴을 동정해야 할지, 아니면 차갑게 마음을 접고 돌아서야 할지 고민하며 괴로워했다. 그러다가 결국은 크리스틴의 말대로 하얀 가면을 쓰고 말았다.

열두 시 오 분 전, 라울은 오페라 극장으로 가서 크리스틴이
말한 작은 방으로 들어섰다. 그 방에는 수많은 사람들이 북적거
렸다. 저녁을 먹으러 가는 사람들과 포도주를 마시고 돌아오는
사람들이 그곳에서 엇갈리고 있었기 때문이다.

라울은 문가에 몸을 기대고 가만히 기다렸다. 얼마 지나지 않
아 검은 가면에 검은 코트를 입은 누군가가 라울의 손가락 끝을
재빨리 쥐었다. 그는 그 사람이 크리스틴이라는 것을 단박에 알
아채고 뒤를 따라갔다.

"크리스틴, 당신인가요?"

라울이 목소리를 한껏 낮추어 쥐어짜듯 물었다.

그녀는 자기의 이름을 입 밖에 내지 말라는 뜻으로 손가락을
입에 갖다 댔다. 라울은 이렇게 묘한 상황에서 다시 만난 그녀
를 또다시 잃을까 봐 겁이 났다. 그 동안의 분노는 눈 녹듯 사라
지고, 이제는 기꺼이 그녀를 용서할 수 있을 것 같았다. 라울은
크리스틴을 너무나 사랑하고 있었던 것이다.

라울은 크리스틴을 따라가면서 사람들이 누군가를 둘러싼 채
법석을 떨어 대는 모습을 보았다. 한가운데에는 기괴한 가면을
쓴 이상야릇한 사람이 있었다. 그는 머리끝에서 발끝까지 온통
붉은색 옷을 입고 큼직한 모자를 썼으며, 기묘하게 생긴 가면
꼭대기에 깃털을 장식하고 있었다. 그가 입고 있는 붉은색 긴
코트에는 "나를 건드리지 마시오! 나는 붉은 죽음이오!"라는 말

이 황금색 실로 수놓여 있었다.

라울은 그 기괴한 사람의 곁을 지나치다가 우연히 눈이 마주쳤다.

'페로 기렉에서 본 죽음의 얼굴이야!'

라울은 하마터면 이렇게 소리를 지를 뻔했다. 그는 당장 앞으로 뛰어들려 했으나, 크리스틴이 라울의 팔을 잡아 끌고 황급히 다른 곳으로 향했다.

두 사람은 이층으로 올라가서 개인 관람석 뒤쪽으로 갔다. 라울이 가면을 벗으면서 크리스틴에게도 가면을 벗으라고 하였다. 그러나 그녀는 그 말에 아랑곳하지 않고, 귀를 덮고 있는 부분만 들어올려 문 밖에서 나는 소리에 귀를 기울일 뿐이었다. 그러고는 작은 목소리로 속삭였다.

"더 위로 올라갔어요……. 아니, 어쩌면 좋아! 지금 또다시 내려오고 있어요!"

크리스틴이 황급히 문을 닫으려고 했다. 그 틈으로 라울은 붉은색 발을 보았다. 곧 죽음의 붉은색 코트가 시야에 들어왔다. 페로 기렉에서 본 죽음의 얼굴이 맞았다! 라울이 달려 나가려고 하자 크리스틴이 재빨리 문을 닫아 버렸다. 그러고는 놀라운 힘으로 그를 가로막았다.

라울이 말했다.

"이번에는 절대로 도망가지 못할 거요!"

"누구 말인가요? 누가 도망가지 못한다는 거예요?"

크리스틴은 목소리까지 바꾸어 강하게 말했다.

"교회 묘지의 악령 말이오! 붉은 죽음이지! 바로 당신의 음악 천사인 그 남자! 그의 가면을 벗겨 당신이 사랑하는 사람이 누구인지, 진짜 정체가 무엇인지 알아내고야 말겠어!"

라울은 미친 듯이 웃음을 터뜨렸다. 크리스틴은 안타까운 신음 소리를 내더니, 두 팔을 벌려 문을 막고 섰다.

"라울, 지금 저는 우리의 사랑을 걸고 말하는 거예요. 당신은 여길 나갈 수 없어요!"

라울은 멈칫했다. 방금 그녀가 무슨 말을 한 것인가? 우리의 사랑을 걸고 말한다고? 그녀는 지금까지 사랑한다는 말을 한 번도 한 적이 없었다. 그런 말을 할 기회가 얼마든지 있었는데도. 지금 크리스틴은 단지 몇 초라도 시간을 벌고 싶어서 애를 쓰고 있는 것이다! 붉은 죽음에게 도망칠 시간을 주려는 것인가?

라울은 유치한 증오심에 사로잡혀 말했다.

"지금 당신은 거짓말을 하고 있어! 당신은 나를 사랑하지 않을 뿐더러 나를 사랑했던 적도 없었어. 나도 참 멍청하지! 당신은 왜, 왜 페로 기력에서 나에게 희망을 갖게 한 거요? 크리스틴, 난 정직한 사람이기에 당신도 정직한 여자라고 믿었어요. 하지만 당신은 오직 나를 속일 생각뿐이군요. 붉은 죽음과 함께 이 따위 가면 무도회에나 참석하고 있다니! 당신을 증오해!"

말을 마친 라울은 울음을 터뜨렸다. 크리스틴은 라울의 모욕을 가만히 듣고만 있었다. 그녀는 오직 한 가지 생각뿐이었다. 라울이 밖으로 나가지 못하도록 막는 것이었다.

"라울, 언젠가는 이런 무례한 말을 제게 한 것에 대해 용서를 빌게 될 거예요. 전 당신을 용서해 드릴 거고요."

라울은 고개를 저었다.

"아니, 아니야. 당신은 나를 미치게 만들었소! 나한테는 오직 한 가지 목표밖에 없었지. 천한 오페라 가수 따위에게 내 가문의 이름을 갖게 해 주겠다는 희망 말이오!"

"라울! 어떻게 저한테 그런 말을……. 아니, 아니에요. 마음대로 생각하세요. 어쨌든 당신은 살아야만 해요."

그러더니 비장한 목소리로 마지막 인사를 던졌다.

"잘 있어요, 라울."

라울은 화가 나서 빈정거렸다.

"그럼 당신 노래를 듣고 박수나 치게 가끔 불러 주겠소?"

"라울, 전 다시는 노래를 부르지 않을 거예요. 이제 다시는 저를 볼 수 없을 거라고요!"

"암흑 세계로 다시 돌아가려고 하는 모양이지? 아니면 어디 천국에라도 가시는가? 아니면 지옥으로?"

"전 당신에게 모든 것을 말하려고 찾아왔어요. 하지만 말할 수가 없군요……. 당신이 저를 믿지 않으니까요. 이제 모두 끝났어요."

크리스틴이 너무나 절망적으로 말하는 바람에 라울은 자신의 잔인한 행동을 후회하기 시작했다.

"하지만, 크리스틴! 이런 상황은 누구라도 이해할 수 없어요. 지난 이 주 동안 어디서 뭘 한 거요? 음악 천사 얘기는 다 무슨 소리고? 제발 크리스틴, 모든 것을 말해 줘요."

크리스틴은 가면을 벗고 슬픈 목소리로 말했다.

"이건 비극이에요!"

그녀가 가면을 벗자, 라울은 경악스러움을 감출 수가 없었다. 가슴속에 공포감이 밀려들었다. 그 얼굴은 생기발랄했던 예전의 크리스틴이 아니었다. 지금 눈앞의 여인은 두 눈 밑에 슬픔과 절망의 그림자를 깊게 드리우고 있었다. 라울은 비통한 심정으로 소리쳐 말했다.

"내 사랑하는 사람! 내 소중한 여인이 도대체……. 크리스틴, 제발 나를 용서해 줘요. 당신은 나를 용서할 거라고 분명히 약속했어요!"

"아마도요……. 아마도 언젠가는 당신을 용서할 거예요."

크리스틴은 다시 가면을 쓰면서 이렇게 말했다. 그러고는 단호한 태도로 따라오지 말라고 손짓하며 자리를 떴다. 라울은 감히 따라갈 엄두를 내지 못했다. 그저 눈앞에서 사라질 때까지 그 모습을 지켜볼 뿐이었다. 라울은 곧바로 붉은 죽음을 찾으러

갔다. 많은 사람들이 그를 보았다고 했지만, 어디에서도 찾을 수가 없었다.

새벽 두 시. 라울의 발걸음은 자신도 모르게 크리스틴의 분장실로 향하고 있었다. 그는 조용히 문을 두드렸다. 아무런 응답이 없자, 조심스럽게 방 안으로 들어갔다. 방 안에는 희미한 등불만이 조용하게 불을 밝히고 있을 뿐 텅 비어 있었다. 그런데 갑자기 발소리가 들려왔다. 라울은 황급히 안쪽에 있는 다른 방으로 몸을 숨겼다. 크리스틴의 분장실과 커튼 하나를 사이에 둔 방이었다.

이윽고 크리스틴이 방으로 들어와 가면을 벗어 탁자 위로 던졌다. 그러고는 한숨을 쉬며 그 아름다운 얼굴을 두 손에 파묻었다. 크리스틴은 지금 무슨 생각을 하고 있을까? 혹시 내 생각을 하는 것은 아닐까?

"불쌍한 에릭!"

크리스틴이 혼자서 중얼거리는 소리가 들렸다. 라울은 자신이 잘못 들었기를 바랐다. 도대체 에릭이 누구란 말인가? 그 동안의 일을 돌이켜 보면 불쌍한 사람은 그 누구도 아닌 바로 라울 자신이었다. 자신이 이렇게 불행한데, 크리스틴은 왜 에릭이라는 남자를 동정하고 있는 것인가?

크리스틴은 종이에 무언가를 쓰기 시작했다. 넉 장 정도 쓰다가 갑자기 고개를 들더니, 부랴부랴 옷 속으로 편지를 감추었다.

그러고는 가만히 귀를 기울였다. 라울 역시 귀를 기울였다. 어디선가 희미한 노랫소리가 들려왔다. 도대체 어디서 들려오는 것일까? 마치 벽에서 들려오는 것 같았다. 그렇다! 벽, 벽에서 울려 퍼지는 소리였다.

노랫소리가 점점 분명해져서, 이제는 가사까지도 알아들을 수 있을 정도였다. 아름답고 부드러운 남자의 목소리가 점점 가까이 다가왔다. 벽 사이로 말이다. 그러더니 어느새 방 안에 들어와 있었다. 크리스틴은 자리에서 일어나 목소리에게 말했다.

"에릭, 저 여기 있어요. 좀 늦으셨군요. 저는 준비가 다 되었어요."

라울은 이 광경을 커튼 사이로 똑똑히 보았다. 하지만 자신의 두 눈을 도저히 믿을 수가 없었다. 커튼 너머에는 크리스틴 말고는 아무도 없었다. 그러나 크리스틴의 얼굴은 아름다운 미소로 밝게 빛나고 있었다. 남자의 목소리는 이제 〈로미오와 줄리엣〉에 나오는 결혼식 첫날밤의 노래를 부르고 있었다.

그 노랫소리에 라울은 온몸의 힘이 쭉 빠지는 듯한 기분이 들었다. 그는 가까스로 정신을 차린 다음, 몸을 숨기고 있던 커튼을 젖혔다. 크리스틴이 방 한쪽으로 발걸음을 옮기고 있었다. 그곳에는 벽 전체가 커다란 거울로 되어 있었다. 거울에 크리스틴의 모습이 비쳤다. 그러나 라울의 모습은 크리스틴에게 가려 거울에 비치지 않았다.

목소리는 계속 노래를 부르고 있었다. 크리스틴은 거울을 향해 천천히 걸어갔다. 라울은 거울 속의 크리스틴과 진짜 크리스틴, 두 명의 크리스틴에게 손을 뻗었다. 그러나 갑자기 얼음처럼 차가운 바람이 얼굴로 휙 불어오는 바람에 뒤로 성큼 물러서고 말았다.

그의 눈앞에서 두 명이 아니라 넷, 여덟, 아니 스무 명의 크리스틴이 빙글빙글 돌았다. 그 모습들은 라울을 비웃으면서 재빨리 움직였다. 그는 어느 것 하나 붙잡을 수 없었다. 마침내 모든 것들이 잠잠해졌을 때, 거울 속에는 라울 자신의 모습만이 남아 있었다. 크리스틴은 이미 사라지고 난 후였다.

라울은 거울을 향해 급히 달려들었다. 그러나 꽝! 하고 부딪혔을 뿐이다. 아무도 없었다! 오직 목소리만이 계속하여 노래를 부르고 있었다. 그는 자리에 주저앉아 머리를 감싸 쥐었다. 눈물이 뺨을 타고 흘러내렸다. 지상의 모든 연인들이 흘리는 슬픔의 눈물이었다.

"도대체 에릭이 누구란 말인가."

라울은 절규하듯 중얼거렸다.

다음 날 라울은 발레리우스 부인을 찾아갔다. 그런데 놀랍게도 노부인 옆에 크리스틴이 앉아 있었다. 크리스틴의 얼굴은 다시 예전의 생기를 되찾았고, 눈가에 드리워져 있던 검은 그림자도 사라져 있었다. 그 전날 크리스틴을 휩싸고 있던 비극적인 분위기는 어디에서도 찾아볼 수 없었다.

라울은 크리스틴의 손가락에서 반짝이는 뭔가를 발견했다. 아무런 장식이 없는 평범한 금반지였다. 그 순간 라울의 얼굴이 새파랗게 질렸다. 그는 크리스틴의 손을 잡으려고 하면서 물었다.

"그 반지는 뭐죠?"

"선물 받은 거예요."

크리스틴은 얼굴을 붉히며 재빨리 손을 뒤로 뺐다. 라울은 가슴이 찢어지는 것만 같았다.

"크리스틴, 혹시 결혼을 약속한 사람이 있는 건가요? 결혼의 약속을 의미하는 반지가 아닌가요? 당신은 왜 나를 이토록 힘들게 하는 거지요?"

"라울, 너무 지나치다고 생각하지 않으세요? 제가 보기에는……."

라울은 크리스틴이 대화를 끝내 버릴까 봐 두려워서 말을 막고 나섰다.

"크리스틴, 그 사람이 누군가요? 내가 알고 있는 그 사람이겠지요? 어젯밤에 당신과 그를 보았어요. 당신이 생각하는 것보다 더 많은 것을 보았지요. 그래요, 난 당신의 분장실 커튼 뒤에 숨어 있었어요. 당신은 어떤 노랫소리에 사로잡혀 제정신이 아니더군요. 왜 그 사람을 따라갔던 거죠? 어디로 갔었나요? 그 반지는 당신의 음악 천사가 준 것이겠지요? 바로 당신이 에릭이라 부르는 그 남자 말이오!"

순간 크리스틴의 얼굴이 백지장처럼 하얗게 질렸다.

"아, 불쌍한 사람! 당신은 죽고 싶은 건가요?"

"어쩌면 그러고 싶은지도 모르지요."

라울의 대답이 너무나 절망적인 사랑에서 비롯된 것이기에, 크리스틴은 눈물을 흘리지 않을 수 없었다. 그녀는 애정이 가득 담긴 슬픈 눈으로 라울을 바라보며, 그의 두 손을 붙잡고 말했다.

"그 목소리도, 그 이름도 모두 잊으세요. 라울, 그 목소리의 비밀을 절대로 알려고 해서는 안 돼요."

"그 비밀이 그렇게도 끔찍한가요?"

"그보다 더 끔찍한 비밀은 없어요. 절대로 알아내려고 하지 않겠다고 맹세해 주세요. 그리고 내가 부르기 전에는 분장실에 찾아오지 않겠다고 약속하세요."

크리스틴은 간절히 청했다.

"크리스틴, 내가 맹세를 하면 가끔 나를 불러 주겠다고 약속해 줘요."

"약속하겠어요."

"언제 불러 줄 건가요?"

"내일이요."

"그럼 당신이 부탁한 대로 하겠다고 약속할게요."

라울은 크리스틴의 두 손에 입을 맞춘 뒤 그 자리를 떠났다. 그리고 마음속 깊이 에릭을 저주하면서, 한편으로는 참을성 있게 행동하리라 다짐했다.

제 6 장
오페라 극장의 연인

다음 날 라울이 오페라 극장에서 크리스틴을 만났을 때, 그녀
는 여전히 그 금반지를 끼고 있었다. 그녀는 라울을 상냥하고
다정하게 대했다. 그리고 라울이 구상하고 있는 미래에 대해서
관심 어린 태도로 물어보았다.

라울은 북극 원정 날짜가 결정되어 늦어도 한 달 뒤에는 프랑
스를 떠날 예정이었다. 크리스틴은 미래를 위해 즐거운 마음으
로 그날을 기다리라고 말했다. 그러나 라울은 크리스틴의 사랑
없이 떠나게 된다면 그 어떤 기쁨도 찾을 수 없을 것 같았다. 그
는 우울한 표정으로 말했다.

"우리는 다시는 만날 수 없을지도 몰라요. 원정 기간 동안 내

가 죽을 수도 있으니까."

"어쩌면 제가 죽을지도 모르지요."

크리스틴은 무표정하게 대답했다. 그러다가 갑자기 무슨 생각이 들었는지 얼굴이 환하게 밝아지기 시작했다. 그녀는 어린아이처럼 즐거워하면서 이렇게 말했다.

"들어 봐요, 라울. 저한테 좋은 생각이 있어요. 우리에게 남은 한 달 동안…… 당신이 원정에서 돌아오면 결혼하기로 되어 있는 사람들처럼 지내요. 결혼은 할 수 없어도 약혼은 할 수 있잖아요. 한 달 후면 당신은 떠나겠죠. 그러면 전 평생 동안 그 시간을 돌아보며 행복해 할 수 있을 거예요. 그건 어느 누구에게도 해를 끼치지 않는 행복이잖아요!"

라울은 행복감에 도취되어 크리스틴의 손을 붙잡고 말했다.

"당신에게 청혼하게 되어 영광입니다."

"아, 라울! 우리는 얼마나 행복할까요!"

두 사람은 크리스틴의 분장실에서 행복했던 어린 시절로 다시 돌아간 것처럼 둘만의 유희를 즐겼다. 서로의 귓가에 달콤한 사랑의 말을 속삭였고, 무수한 사랑의 맹세를 나누었다. 그러나 약혼 놀이를 한 지 일주일쯤 지났을 때, 라울이 갑자기 이렇게 말했다.

"난 북극에 가지 않겠어요!"

라울이 이렇게 나오자, 크리스틴은 약혼 놀이가 얼마나 위험한 것이었는지 깨달았다. 그리고 그 놀이를 단순하게만 생각했던 자신을 한없이 탓했다.

그날 크리스틴은 홀연히 자취를 감추었다. 라울은 엄청난 혼란에 빠진 채 발레리우스 부인을 찾아갔다. 그러나 크리스틴이 이틀 동안 돌아오지 않으리라는 말을 들은 것이 전부였다.

이틀 뒤, 크리스틴은 다시 모습을 나타냈다. 그리고 그날 공연에서 또 한 번 큰 성공을 거두었다. 카를로타는 끔찍한 두꺼비소리를 지른 그날 밤 이후, 다시는 무대에 설 수 없게 되었다. 그 덕분에 크리스틴이 카를로타의 모든 역을 맡게 된 것이었다.

라울 역시 그날의 성공을 지켜보고 있었다. 그것은 크리스틴에게는 새로운 승리였지만, 라울에게는 너무나 고통스런 시간이었다. 희미한 목소리 하나가 그의 귓가를 자꾸만 맴돌았다.

"자, 보이나? 그녀는 오늘 밤에도 반지를 끼고 있군. 당신이 준 적이 없는 반지를 말이야. 그녀는 오늘 밤 또다시 자신의 영혼을 누군가에게 바치고 있지. 알다시피 당신에게 바치는 것은 아니야. 그녀가 지난 이틀 동안 어디에 있었는지를 말하지 않는다면, 에릭을 찾아가서 물어봐야 할 거야!"

라울은 공연이 끝나자마자 무대 뒤로 달려갔다. 크리스틴 역시 라울을 찾고 있었던 듯, 그를 보더니 급히 손을 잡아 끌며 자신의 분장실로 데리고 갔다.

라울은 방으로 들어서자마자 크리스틴 앞에 무릎을 꿇었다.

그리고 북극으로 갈 테니, 제발 그녀가 약속한 행복의 시간을 단 한 시간도 빼앗지 말아 달라고 애원했다. 크리스틴은 눈물을 흘렸다. 두 사람은 부드럽게 입을 맞추었다. 그것은 마치 부모를 잃고 슬픔을 함께 나누는 오누이와도 같은 모습이었다.

그런데 갑자기 그녀가 물러서더니 문 쪽에 귀를 기울였다. 그러고는 나지막한 목소리로 속삭였다.

"내일 봐요. 라울, 오늘 밤 전 당신을 위해 노래를 불렀어요!"

그 후로 며칠 동안, 두 사람은 오페라 극장의 이곳 저곳을 돌아보며 함께 시간을 보냈다. 하지만 라울은 오페라 극장 안을 돌아다니는 것이 너무나 답답하게 느껴졌다. 오페라 극장이 마치 감옥 같았다. 그리고 에릭이라는 간수가 벽 사이를 오가며 끊임없이 자신들을 감시하는 것만 같았다.

그렇게 보석보다 귀중한 시간이 흘러갔다. 두 사람은 겉으로 드러나는 문제에만 관심을 보이며 가슴 깊이 자리 잡은 슬픔을 애써 감추고 있었다. 그러나 시간이 흐를수록 처음에는 강한 모습을 보였던 크리스틴이 점점 초조하고 불안한 기색을 비치기 시작했다.

한 번은 무대 위를 지나다가 바닥에서 뚜껑 문이 열려 있는 것을 발견했다. 지하로 내려가는 문이었다. 라울은 어두운 구멍 안을 내려다보며 말했다.

"크리스틴, 지금까지는 당신의 왕국이라고 할 수 있는 오페라 극장을 모두 보았어요. 그런데 지하에 대해서 이상한 소문이 나돌더군요. 우리 함께 지하로 내려가 볼까요?"

그러자 그녀가 떨리는 목소리로 속삭였다.

"절대로 안 돼요! 내려갈 수 없어요! 그곳은 제 왕국이 아니에요. 지하 세계는 그 사람의 것이라고요!"

라울은 크리스틴이 과도하게 반응하는 것을 보자 화가 나서 이렇게 말했다.

"지하에 그 사람이 사는군요, 그렇지요?"

"아니, 그게 아니라…… 그렇다고 말하지는 않았어요. 자, 이제 그만 가요! 어서요!"

크리스틴은 라울을 잡아당겼다. 하지만 그는 그 어두운 구멍에 마음이 끌려 발걸음을 떼지 못했다. 그런데 갑자기 뚜껑 문이 쾅! 하고 닫혀 버렸다. 문을 닫는 손이 보이지 않을 정도로 순식간이었다. 두 사람은 입을 다문 채 서로의 얼굴을 바라보았다.

마침내 라울이 말했다.

"그 사람이군요."

"아니에요. 문지기일 거예요. 무슨 일이든 해야 하니까 별 이유 없이 문을 열었다 닫았다 하는 거겠죠."

"하지만 크리스틴, 그 사람일지도 모르잖아요."

"아니라니까 왜 자꾸 그러는 거예요? 그 사람은 방 안에 틀어박혀 있어요. 꼼짝 않고 일만 하고 있다고요."

"무슨 일을 하고 있지요?"

"아, 끔찍한 일이에요! 하지만 우리한테는 오히려 다행이지요……. 일을 할 때에는 아무것도 보지 못하거든요. 몇 날 며칠을 먹지도 마시지도 않고 숨도 쉬지 않아요. 뚜껑 문 따위를 갖고 장난칠 시간이 없다고요."

라울이 물었다.

"그 사람이 두려운가요?"

"아니요, 무섭지 않아요."

그러나 그 일이 있은 뒤 며칠 동안이나 그녀는 뚜껑 문 가까이에 가지 않으려 했다.

어느 날 오후, 크리스틴은 얼굴이 창백하고 두 눈이 붉게 충혈된 상태로 늦게서야 나타났다. 사랑하는 여인이 그렇게 처참한 모습으로 나타나자, 라울은 자신이 직접 비밀을 밝히겠노라고 다짐했다.

"크리스틴, 당신을 그의 손아귀에서 구출하겠어요. 맹세하리다. 두 번 다시 그 사람을 생각하지 않게 할게요."

"라울, 정말 그럴 수 있을까요?"

크리스틴은 그럴 수 없을 거라 생각하면서도 한편으로는 희망을 가져 보았다. 그녀는 라울을 이끌고 꼭대기 층으로 올라갔다. 지하 세계와 가능한 더 멀리 떨어지기 위해서였다.

"높이, 좀더 높이 올라가요!"

크리스틴은 계속 이렇게 말했다.

두 사람은 곧 지붕 바로 밑까지 올라갔다. 크리스틴은 줄곧 뒤를 돌아보며 주위를 살폈지만, 검은 그림자 하나가 그들을 뒤따르고 있다는 것은 알아채지 못했다. 그녀가 걸음을 멈추면 그림자도 걸음을 멈췄고, 그녀가 다시 걸음을 옮기면 그림자도 걸음을 옮겼다. 라울의 눈에도 역시 아무것도 보이지 않았다. 크리스틴만 앞에 있으면 그는 그 어느 것에도 관심이 없었다.

두 사람은 마침내 지붕에 도착했다. 햇살이 따사로운, 아름다운 봄날 저녁이었다. 크리스틴은 오랜만에 바깥 공기를 들이마시고 한껏 기분이 좋아져서 라울에게 속삭였다.

"우리는 곧 저 구름보다도 더 멀리, 그리고 더 빨리 이 세상 끝까지 떠나갈 거예요. 그러면 당신은 제게서 떠나겠지요. 하지만 약속해 주세요. 만약 당신이 저를 데려갈 순간이 오면, 제가 당신과 함께 가기를 거절한다 하더라도…… 강제로라도 꼭 데려가 주세요!"

"크리스틴, 마음이 변할까 봐 두려운가요?"

"잘 모르겠어요."

크리스틴은 알 수 없는 표정을 지으며 고개를 저었다. 그러고는 라울의 품속으로 파고들며 다시 입을 열었다.

"그 사람은 악마예요! 그의 곁으로 다시 돌아가야 한다고 생각하니…… 정말 두려워요."

"크리스틴, 왜 돌아가야 한다는 거요?"

"제가 돌아가지 않으면 끔찍한 일이 일어날 거예요! 하지만 돌아가기 싫어요. 그럴 순 없다고요! 지하에서 살아가는 사람을 가엾이 여겨야 한다는 건 알고 있지만…… 그 사람은 너무 끔찍해요! 이제 저에게는 하루밖에 남아 있지 않아요. 제가 가지 않으려고 해도 그 사람이 찾아와서 목소리로 저를 유혹할 거예요. 지하로 끌고 가서는 죽음의 얼굴로 제 앞에 무릎을 꿇겠지요. 그러고는 저를 사랑한다고 말할 거예요! 눈물을 흘리면서요. 아, 라울, 그 눈물, 두 개의 검은 구멍에서 흐르는 눈물이란! 다시는 그 눈물을 보고 싶지 않아요!"

라울은 극심한 불안에 사로잡혀 떨고 있는 크리스틴을 꼭 껴안았다.

"크리스틴, 떨지 말아요. 지금 바로 도망칩시다!"

라울이 크리스틴을 이끌고 가려 했지만 그녀가 애써 말렸다.

"안 돼요, 라울. 지금은 안 돼요. 그건 너무 잔인한 짓이에요. 내일 저녁에 부르게 될 노래는 그 사람이 듣도록 해 줘요. 그러고 나서 도망쳐요. 자정이 되면 분장실로 와서 저를 데려가 주세요! 그 사람은 호숫가에 있는 식당에서 기다리고 있겠다고 했어요. 우리는 어떤 방해도 받지 않고 도망칠 수 있어요. 당신이 절 데려가 줘요. 라울, 만약 제가 어떤 거절의 말을 한다 해도 꼭 데리고 가겠다고 약속해 줘요. 이번에 가면 다시는 돌아오지 못할 것 같은 느낌이 들어요."

크리스틴은 잠시 말을 멈추고 한숨을 내쉬었다. 그 때 등 뒤에서 또 다른 한숨 소리가 느껴졌다. 그녀는 깜짝 놀라 물었다.

"지금 방금 무슨 소리가 나지 않았나요?"

라울이 대답했다.

"아니, 아무 소리도 듣지 못했어요."

"아, 너무 무서워요. 언제나 이렇게 두려움에 떨며 살아야 한다니……. 정말이지 끔찍해요! 하지만 이곳은 위험하지 않아요. 탁 트인 하늘 아래, 밝고 환한 곳에 있으면 마음이 편해져요. 저는 그 사람을 대낮에는 한 번도 본 적이 없어요……. 대낮에 본다면 정말 끔찍할 거예요! 아…… 그 사람을 처음 봤을 때, 전 그가 곧 죽는 줄로만 알았어요!"

"왜 그런 생각이 든 거지요?"

그녀의 이상한 말에 놀라 라울이 물었다.

"제가 그의 얼굴을 보았으니까요!"

순간, 어디선가 낮은 신음 소리가 들렸다. 라울과 크리스틴은 동시에 뒤를 돌아보았다.

라울이 말했다.

"신음 소리가 들린 것 같은데……. 누가 다친 모양입니다. 당신도 들었나요?"

"라울, 전 모르겠어요. 그 사람이 없을 때에도 제 귓가에는 늘 그의 목소리가 들려요. 그런데 당신도 들었다면……."

두 사람은 자리에서 일어나 주위를 둘러보았다. 아무도 없었다. 다시 자리에 앉으면서 라울이 말했다.

"어떻게 해서 그 사람 얼굴을 보게 되었는지 말해 봐요."

"처음 석 달 동안은 저도 모습은 못 보고 목소리만 들었어요. 처음에는 거룩한 천상의 목소리를 가진 누군가가 노래를 부르고 있는 거라고 생각했지요. 하지만 방마다 찾아다녀 보아도 목소리의 주인을 찾아낼 수 없더군요. 그런데 어느 날 그 목소리가 저에게 말을 걸었어요. 제가 묻는 말에 대답도 하더군요. 살아 있는 사람의 진짜 목소리처럼요. 그렇지만 마치 천사의 목소리를 듣는 듯 아름다웠지요.

전 그 때까지도 아버지가 보내 주겠다고 약속하신 음악 천사에 대한 생각을 떨치지 못하고 있었어요. 사실 발레리우스 부인의 영향도 있었고요. 아무튼 혹시나 하는 마음에, 그 사람에게 음악 천사가 아니냐고 물어봤어요. 그랬더니 그렇다고 대답하는 거예요.

그 때부터 그 목소리와 저는 절친한 친구가 되었고, 그 사람은 저에게 교습을 해 주었지요. 아아, 정말 대단한 교습이었어요. 그렇게 몇 주일이 지나자, 저는 노래를 부를 때면 제 자신조차 잊어버릴 정도로 빠져 들곤 했어요.

전 목소리가 시키는 대로, 몰라보게 나아진 실력을 숨기고 평범하게 노래를 불러야 했지요. 목소리가 이렇게 말하더군요. '기다려 봐요, 우리가 파리 시민을 놀라게 할 테니!' 그러던 어느 날 저녁 오페라 극장에서 당신을 보게 된 거예요. 너무나 기뻐서 분장실에 도착해서도 감정을 숨길 생각을 못했지요.

그런데 목소리가 먼저 분장실에 와 있었어요. 저는 그에게 당신에 대한 내 감정을 말했어요. 그 때부터 목소리가 입을 다물어 버렸어요. 아무리 불러도 대답을 하지 않더군요. 그가 영원히 가 버린 게 아닌가 싶어서 너무나 두려웠어요.

그날 밤, 저는 발레리우스 부인에게 모든 사실을 털어놓았어요. 부인은 '그 목소리가 질투를 하는 게로구나!'라고 말씀하셨지요. 라울, 그 때 알았어요. 제가 당신을 사랑하고 있다는 걸 처음으로 깨달았던 거예요."

크리스틴은 말을 멈추고 라울의 어깨에 기대었다. 두 사람은 잠시 동안 말없이 앉아 있었다. 그러나 크리스틴도 라울도 자신들 가까이 다가오는 그림자의 존재를 눈치 채지 못했다. 크리스틴은 이야기를 계속했다.

그 목소리는 만약 그녀가 세속적인 사랑을 원한다면 자신은 하늘로 다시 돌아갈 것이라고 했다. 너무나 슬픈 목소리였다. 크리스틴은 아버지가 보내 준 음악 천사를 잃고 싶지 않았다. 그 목소리는 이미 아버지에 대한 기억과 떼어 놓을 수 없는 것이

되어 버렸기 때문이다. 그래서 라울을 사랑하지 않으며, 절대로 지상의 사람과는 사랑에 빠지지 않겠다고 목소리에게 맹세를 했다.

최고의 성공을 거둔 퇴임식 날 저녁, 크리스틴은 분장실에서 눈을 떴을 때 자신의 앞에 서 있는 라울을 보았다. 그러나 그를 처음 보는 사람처럼 대할 수밖에 없었다. 그럼에도 불구하고 목소리는 크리스틴의 마음을 가져간 이가 바로 라울이라는 것을 알아챘다.

목소리는 라울과는 대수롭지 않은 관계라고 말하는 크리스틴에게, 정말 그렇다면 그를 여느 친구들을 대하듯이 하라고 말했다. 크리스틴은 아버지의 무덤이 있는 페로 기렉에 라울과 동행하겠다고 말했다. 목소리가 라울의 존재를 알아챈 이상 그가 무사할 수 있을지 걱정되었기 때문에, 의심을 거둘 수 있도록 라울에게 함께 가자는 편지를 보낸 것이었다.

"아, 어쩌면 그렇게도 바보같이 속아 버렸는지! 이기적인 사람에게서나 볼 수 있는 그런 행동을 하는데도 왜 그를 의심하지 않았던 걸까요?"

크리스틴은 절망스런 몸짓으로 한탄했다.

"하지만 결국은 진실을 깨달았잖아요! 이제 그만 악몽에서 빠져 나와요."

"진실이라고요? 아, 라울, 제가 진실을 깨달은 그 순간부터 진정한 악몽이 시작된 거예요. 카를로타가 무대에서 두꺼비 소리를 냈던 그 끔찍스런 밤을 당신도 기억할 거예요."

크리스틴은 샹들리에가 떨어지는 순간, 혹시 라울이 다치지 않았을까 너무나 걱정이 되었다. 그러나 라울이 샤니 백작과 함께 개인 관람석에 앉아 있었다는 것을 기억해 내고는 곧 안심을 했다. 그러면서도 한편으로는 목소리의 주인이 죽었을까 봐 걱정이 되기 시작했다. 자꾸만 샹들리에가 그의 머리 위에 떨어졌을 것 같은 느낌이 들었기 때문이다.

그러다 만약 목소리가 무사하다면 분장실로 찾아올 거라는 생각이 들었다. 급히 돌아와 기다리고 있으니, 그의 목소리가 들려왔다. 목소리는 〈라자로의 부활〉의 한 대목을 부르고 있었다. 크리스틴은 노랫소리에 이끌려 거울 앞으로 나아갔다. 그런데 어느 순간엔가 방 밖으로 나와 있는 자신을 발견했다.

라울은 믿을 수 없다는 듯이 소리쳤다.

"그럴 리가! 어떻게 그럴 수 있지요? 크리스틴, 꿈을 꾼 게 아닌가요?"

"아니요, 꿈이 아니에요. 저도 어떻게 된 일인지 알 수 없어요. 가면 무도회 날 당신도 보셨잖아요. 갑자기 거울이 사라지더니, 싸늘한 암흑 속에 제가 서 있었어요. 저는 겁에 질려 울부짖었지요.

그런데 갑자기, 얼음보다도 더 차가운 손이 다가와 제 허리를 붙잡더군요. 발버둥쳐 보았지만, 그 손은 저를 놓아 주려 하지 않았어요. 그 사람은…… 커다란 코트를 입고 얼굴 전체를 가면으로 가리고 있었어요. 저는 너무나 두려워서 비명을 질러 댔지요. 하지만 곧 그의 차가운 손이 입을 막아 버렸어요……. 죽음의 냄새가 나는 손이었지요. 저는 그만 기절해 버렸답니다.

눈을 떴을 때, 저는 검은 코트를 입은 그 남자의 무릎을 베고 누워 있었어요. 그의 손에선 여전히 죽음의 냄새가 나더군요. 용기를 내어 누구냐고 물었지요. 하지만 그는 아무런 대답도 하지 않은 채 저를 안아서 말 안장 위에 앉혔어요.

그런데 그 말은 제가 아는 말이었어요. 얼마 전 오페라 극장에서 도둑맞은 말이더군요. 가끔씩 먹을 것을 주곤 했던 말이라 금방 알 수 있었어요. 말이 갑자기 사라져 버렸을 때, 사람들은 모두 오페라의 유령 짓이라고들 했지요. 그 생각이 떠올라, '그럼 나는 유령의 손아귀에 들어간 것인가?' 하고 생각했어요.

그는 제가 탄 말을 이끌고 컴컴한 통로를 따라 어디론가 계속 갔어요. 어둠에 점점 익숙해지자, 곳곳에 있는 아주 희미한 불빛들이 눈에 들어오더군요. 그러다가 갑자기 말이 멈추었어요. 푸른빛이 감도는 호수에 도착했던 거예요. 물결이 잔잔하게 출렁이고, 한쪽에는 작은 배 한 척이 매어져 있었어요."

"호수가 있었다고요?"

"네, 그래요. 분명히 있었어요. 그 사람은 저를 배에 태운 후 노를 젓기 시작했어요. 마침내 호수를 다 건너자, 꽃이 가득한 커다란 방으로 저를 데리고 가더군요. 얼마나 눈부신 빛이 쏟아지던지! 가면을 쓴 그 남자가 마침내 입을 열고 이렇게 말했어요.

'크리스틴, 무서워하지 말아요. 위험하지 않으니까.' 그런데 세상에…… 바로 그 목소리였어요! 음악 천사의 목소리가 그의 입에서 흘러나오고 있었어요. 저는 그 목소리의 주인이 오페라의 유령과 같은 인물일 것이라고는 꿈에도 생각지 못했어요.

놀라움 못지않게 격심한 분노를 느꼈지요. 전 그에게 달려들어 가면을 벗기려고 했어요. 그랬더니 그가 말하더군요. '가면만 만지지 않는다면 당신은 안전하오.'라고요. 그 사람은 강제로 저를 의자에 앉히고는 제 앞에 무릎을 꿇고 앉아 아무 말도 하지 않았어요.

저는 조용히 앉아 있는 그 사람의 태도에 용기를 얻어 주위를 찬찬히 둘러볼 수 있었지요. 그곳은 보통의 응접실과 다를 것 없는 분위기를 풍기고 있었어요. 그 방이 오페라 극장의 지하에 있다는 사실만 빼고요. 어떤 방법으로 그렇게 했는지는 모르지만, 그는 그곳을 자신만의 왕국으로 꾸며 놓았던 거예요. 지상에서 무려 다섯 층이나 내려간 곳에 말이에요!

제 앞에 무릎을 꿇은 음악 천사에게서 나오는 목소리는…… 그 목소리는…… 그래요, 그저 사람의 목소리일 뿐이었어요. 제가 눈물을 흘리기 시작하니, 그 사람이 제 눈물의 의미를 이해한 것 같았어요. 이렇게 말했으니까요. '그래요, 크리스틴. 난 음악 천사가 아니오. 정령도 아니고 유령도 아니오……. 난 단지 에릭일 뿐이오!'"

그 순간 누군가 그녀의 말을 따라 했다.

"에릭일 뿐이오!"

두 사람은 깜짝 놀라 주위를 두리번거렸다. 라울이 말했다.

"크리스틴, 내일 저녁까지 기다릴 수 없겠어요. 지금 당장 떠납시다."

"하지만 내일 제가 노래하지 않는다면 그 사람은 참을 수 없는 고통을 느낄 거예요……."

"그 사람이 당신을 그렇게까지 사랑한단 말인가요?"

"저를 위해서라면 살인이라도 하겠다고 했어요."

"당신은 도망갈 수 있는데도 왜 그에게 다시 돌아가려고 하는 거요?"

"그럴 수밖에 없어요. 제가 어떻게 해서 그 사람을 떠나왔는지 이야기한다면 당신도 아마 이해할 거예요."

라울이 허공을 향해 소리를 질렀다.

"아, 정말 그가 끔찍하게 싫어!"

그러고는 그녀에게 물었다.

"크리스틴, 당신도 그를 증오하나요?"

크리스틴은 주저없이 대답했다.

"아니요."

"아, 그렇군요. 물론 증오하지 않겠지요. 당신은 그를 사랑하고 있으니까. 당신이 공포를 느낀다고 말하는 것은 그에 대한 당신의 사랑을 다른 방식으로 표현하는 것일 뿐이에요. 말해 봐요, 당신은 그를 생각하면서, 그리고 이 상황을 생각하면서 전율을 느끼고 있는 거요!"

크리스틴이 거칠게 말했다.

"그만 해요, 라울. 제가 그곳으로 돌아가기를 바라나요? 이제 그곳으로 가면 다시는 돌아오지 못할 거예요."

두 사람 사이에 침묵이 감돌았다. 아니, 세 사람이었다. 이야기를 나누는 두 사람과 그들의 뒤에서 모든 얘기를 듣고 있는 그림자……

마침내 라울이 다시 입을 열었다.

"그 사람을 미워하지 않는다면 그 사람에 대한 당신의 감정은 도대체 뭐란 말인가요?"

"공포예요! 하지만 그 사람을 미워하지는 않아요. 발밑에 꿇어앉아 사랑을 호소하는 그를 어떻게 미워할 수 있겠어요! 그 사람은 저를 사랑하고 있다고요! 에릭은 스스로를 저주하고, 비난하고, 저에게 용서를 구하더군요.

그에게 자유롭게 놓아 주지 않으면 평생 경멸하겠다고 말했어요. 그러자 그 사람이…… 그 사람이 제게 비밀 통로를 알려

주겠다고 했어요. 하지만 전 그곳에 머물고 말았어요. 라울, 라울…… 그는 유령도 아니고 음악 천사도 아니지만 아름다운 목소리를 가진 것만은 틀림없어요. 그의 노랫소리에 꼼짝할 수 없었으니까요. 에릭은 제가 잠들 때까지 계속해서 노래를 불러 주었지요.

이튿날 그 사람이 저에게 어떤 방을 보여 주었어요. 그는 그 방에서 이십 년 전부터 〈승리한 돈 후안〉이라는 음악을 작곡하고 있다고 하더군요. 그의 기분을 맞추어 줄 요량으로 조금만 연주해 달라고 부탁하자 그가 차갑게 말했어요. '그런 부탁은 하지 마시오. 어떤 음악은 너무 끔찍해서 그것을 가까이하는 사람을 파멸에 이르게 할 수도 있으니까.'라고요. 그러고는 '자, 크리스틴, 오페라나 한 곡 불러 봅시다.'라고 말하더군요. 왠지 그 말은 저를 모욕하는 것 같았어요. 의도적으로 말이에요."

"그래서 어떻게 했습니까?"

"그가 노래를 시작하자, 저도 모르게 함께 부르게 되더군요. 잔뜩 겁을 먹은 채 노래를 불렀지요. 그런 느낌으로 노래를 부른 건 처음이었어요. 그런데 갑자기 가면 뒤에 있는 얼굴, 그 목소리의 얼굴을 꼭 봐야겠다는 생각이 들었어요. 그래서…… 저도 모르게 그의 가면을 벗겨 버렸지요. 그런데 그 얼굴이……아, 그야말로 공포 그 자체였어요!"

멀리서 한 목소리가 "공포 그 자체였어요!" 하고 슬프게 되풀이했다. 그러나 사랑하는 두 사람은 그 소리를 듣지 못했다.

　"그래요, 라울. 백 살까지 산다고 해도 제 눈앞에 나타난 그 끔찍한 모습과, 그 때 그가 지른 고통과 분노의 비명 소리는 절대로 잊지 못할 거예요. 당신이 가면 무도회에서 본 죽음의 얼굴은 살아 있는 공포가 아니라 침묵의 공포였지요. 하지만 상상해 보세요. 붉은 죽음의 가면 뒤에 있는 검은 구멍들이 갑자기 살아나서, 이루 말할 수 없이 끔찍한 악마의 저주를 퍼붓는 모습을요.

　저는 너무 놀라 털썩 주저앉았고, 그는 계속해서 저주의 말들을 퍼부어 댔어요. '자, 보시오! 내 모습을 보고 싶은 것이 아니었소? 에릭의 얼굴을 보라고! 이제 당신은 목소리의 얼굴을 알게 되었군! 정말 잘생긴 얼굴이지 않나? 어떤 여자라도 나를 한 번 보게 되면 내 것이 되고 말지! 바로 당신처럼 말이야. 영원히 나를 사랑하게 된단 말이야! 내가 바로 승리한 돈 후안이니까!'

　저는 더 이상 참을 수가 없어서 고개를 돌리며 울음을 터뜨렸어요. 에릭은 화가 나서 시체 같은 손가락으로 제 머리카락을 움켜잡더군요. 그러더니 제 고개를 비틀어 자기 얼굴 쪽으로 돌려놓았어요."

　라울이 소리를 질렀다.

　"이제 그만 해요! 그 자를 죽여 버리겠어! 호숫가의 식당이 어디에 있는지 가르쳐 줘요. 내가 그 자를 죽여 버리고 말겠소!"

"라울, 모든 것을 알고 싶다면 제 말을 끝까지 들어야 해요. 그 사람은 제 머리카락을 움켜잡은 채 질질 끌고…… 그러고는…… 아, 너무나 끔찍해요!"

"도대체 무엇이 끔찍하다는 거요?"

라울이 분노가 가득 담긴 목소리로 물었다.

"에릭은 절규했어요. '어쩌면 당신은 내가 또 다른 가면을 쓰고 있다고 생각하는지도 모르겠군. 그것도 벗기시지!' 하고 소리를 질렀지요. 그는 제 손을 꽉 쥐더니 자기의 무시무시한 얼굴에 갖다 댔어요. 그러더니 손가락 끝을 들어, 제 손톱으로 자기 살점을 뜯어내는 거예요. 얼굴에 붙어 있던 그의 살점이…… 썩어 문드러진 살점들이 떨어져 나갔어요.

그는 분노에 휩싸인 채 말했지요. '난 머리끝에서 발끝까지 죽음으로 만들어졌소. 당신을 사랑하고 당신 곁을 결코 떠나지 않을 이 사람은 바로 죽은 사람이란 말이오! 당신은 절대로 내 곁을 떠나지 못할 거요. 내가 잘생긴 사람이라면 당신이 떠나는 걸 허락할 수 있소. 다시 돌아올 것을 알기 때문에…….

하지만 당신은 이제 내 추한 몰골을 보고 말았소. 다시는 돌아오지 않겠지. 그러니 당신을 이곳에 붙잡아 둘 수밖에! 크리스틴, 왜 내 얼굴을 보려고 했소? 내 아버지도 내 얼굴을 보지 않았고, 내 어머니조차도 나를 보지 않으려고 가면을 주었는데 말이오!'

그 사람은 저를 놓아 주며 온통 고통과 슬픔뿐인 비명을 질렀어요. 그러고는 자기 방으로 들어가더니 문을 닫아 버리더군요. 곧이어 〈승리한 돈 후안〉을 연주하는 소리가 들렸어요. 그 곡은 너무나 처절하면서도 아름다웠어요. 인간이 느끼는 모든 감정과 모든 고통을 표현하고 있었지요.

저는 음아 소리에 이끌려 그의 방 문을 열었어요. 문을 열자 그 사람은 자리에서 일어났지만, 얼굴은 보여 주지 않더군요. 제가 말했지요. '에릭, 겁먹지 말고 당신의 얼굴을 저에게 보여 줘요. 당신은 가장 불행하지만 가장 숭고한 인간이에요. 제가 또다시 당신의 얼굴을 보고 몸서리를 친다면, 그건 공포 때문이 아니라 당신의 재능 때문이에요. 당신은 위대한 천재니까요.'

그 사람은 제 발밑에 엎드리더니 제 옷이며 발목에 입맞춤을 퍼부어 대더군요. 하지만 저는 차마 그의 모습을 똑바로 바라볼 수가 없어서 고개를 돌리고 말았어요. 그는 엎드려 있느라 그 모습을 보지 못했고요.

라울, 이제 당신도 이 모든 비극을 알게 되었네요. 그렇게 이 주가 지나갔어요. 이 주 동안이나 저의 거짓은 계속된 거예요. 그 대가로 저는 자유를 얻을 수 있었지만, 저의 거짓은 그의 얼굴만큼이나 흉측한 것이었지요. 저는 그의 가면을 태워 버렸어요. 저의 충실한 노예였던 그의 가면을 말이에요.”

크리스틴은 숨을 고르고 말을 이었다.

"제가 그 사람에게 확신을 주었더니 그는 저를 배에 태우고 호수를 건너기도 했어요. 나중에는 스크리브 거리의 지하 통로를 통해서 밖으로 나가게까지 되었지요. 그곳에서 기다리고 있던 마차를 타고 숲으로 산책을 갔어요.

당신이 마차에 탄 저를 본 날 밤은 정말로 위험했어요. 그 사람은 당신에 대한 질투로 어쩔 줄 몰라 하더군요. 그래서 저는 당신이 곧 이곳을 떠나게 될 것이라고 말했어요. 그렇게 해서 이 주째 되던 날, 그 사람은 다시 돌아온다는 제 말을 믿게 된 거예요!"

라울이 고통스럽게 말했다.

"그리고 당신은 돌아갔지요. 당신은 나를 사랑한다고 말했어요. 하지만 자유의 몸이 된 지 몇 시간 만에 다시 그의 곁으로 돌아갔어요. 가면 무도회 때의 일을 기억하고 있나요?"

"그래요, 기억해요. 우리 두 사람한테는 아주 위험한 시간이었다는 것도요."

"그 순간에 당신이 했던 사랑의 말조차도 의심스럽군요."

"라울, 아직도 제 사랑을 의심하시나요? 에릭을 찾아갈 때마다 저의 공포는 점점 커져만 가요! 만남이 거듭될수록, 그는 평온을 되찾는 것이 아니라 사랑에 불타 어쩔 줄 몰라 해요. 이젠 너무나 무서워요!"

"당신이 나를 사랑하는 것은 진실인가요? 크리스틴, 만약 에릭이 잘생겼더라도 나를 사랑할 건가요?"

그녀는 자리에서 일어나 두 팔로 라울의 머리를 부드럽게 감싸며 말했다.

"당신을 사랑하지 않는다면 저는 절대로 제 입술을 허락하지 않을 거예요! 여기 제 인생의 처음이자 마지막 입맞춤을 당신께 드릴게요."

크리스틴은 라울에게 깊고 부드러운 입맞춤을 했다. 그러자 그들을 감싸고 있던 부드러운 어둠이 무서운 폭풍우 속의 유리처럼 산산조각으로 부서졌다. 두 사람은 갑작스럽게 밀려 오는 공포의 기운에 질려 황급히 달아나기 시작했다. 그 때 자신들을 노려보고 있는 번쩍이는 빛이 눈에 들어왔다. 두 사람의 머리 위쪽, 높은 곳에서 분노로 이글거리는 어떤 눈빛이 그들을 내려다보고 있었던 것이다.

제 7 장
의문의 실종

라울과 크리스틴은 정신없이 달렸다. 팔층까지 내려간 뒤에야 비로소 걸음을 멈추었다. 그날 밤 오페라 극장에는 공연이 없었기 때문에 복도는 텅 비어 있었다. 그런데 어디선가 낯선 남자가 나타나 그들의 앞을 가로막았다.

"아니에요, 이 길이 아닙니다! 어서 날 따라오시오. 빨리 움직여요!"

라울은 다급한 마음에 남자의 뒤를 무작정 따라가다가, 곧 발걸음을 멈추고 그에게 정체가 무엇인지 물어보았다. 그러나 남자는 대답을 하지 않고 그저 재촉만 할 뿐이었다.

"빨리 서둘러요!"

크리스틴도 라울의 손을 잡아 끌며 재촉했다. 라울은 그녀에게 물었다.

"도대체 저 사람은 누구요?"

"그 페르시아 인이에요."

"그 페르시아 인이라니? 여기서 무엇을 하고 있는 거요?"

"무엇을 하는지는 아무도 몰라요. 늘 오페라 극장 안에 있어서 알고 있을 뿐이지요."

아래층으로 계속 내려가면서 라울이 다시 입을 열었다.

"크리스틴, 그를 그토록 두려워하고 또 정말로 떠나기를 원하면서 왜 내일까지 기다리려는 건가요? 지금 당장 떠나요. 그는 분명히 우리가 하는 말을 들었을 거요."

"아니에요. 에릭은 지금 〈승리한 돈 후안〉을 작곡하느라 다른 데 신경 쓸 겨를이 없을 거예요."

두 사람은 다시 크리스틴의 분장실로 돌아왔다. 라울이 분장실에 몸을 숨기면 에릭에게 금방 들킬 것이라고 걱정하자, 크리스틴은 이렇게 말했다.

"에릭은 다시는 분장실 벽 뒤에 숨지 않겠다고 약속했어요. 난 그를 믿어요."

두 사람은 다음 날 밤의 계획에 대해 이야기를 나누었다.

"공연이 끝난 뒤 그 자가 호숫가에 있는 식당에서 당신을 기다리겠다고 했지요?"

"그래요."

"어떤 방법으로 그 자에게 갈 수 있나요?"

"저한테 스크리브 거리에 있는 지하 통로의 문을 여는 열쇠가 있어요. 그곳을 통하면 곧장 호숫가로 갈 수 있어요."

"알았어요, 크리스틴. 그 열쇠가 호숫가로 가는 비밀 통로를 열어 준다는 말이군요. 자, 열쇠를 나한테 줘요."

"안 돼요! 그럴 수는 없어요."

그 때 갑자기 크리스틴의 얼굴이 하얗게 질렸다. 무언가에 겁을 집어먹은 듯 안절부절못했다.

"아, 어쩌면 좋아! 에릭, 에릭! 제발 용서해 주세요!"

"크리스틴, 왜 그래요?"

"반지요……. 그가 준 금반지 말이에요. 반지가 사라졌어요. 반지를 주면서 그가 말했어요. 자유를 주는 대신 그 반지를 늘 손가락에 끼고 있어야 한다고요. 만약 반지를 손가락에서 빼면 끔찍한 불행이 올 거라고 했어요."

두 사람은 함께 반지를 찾아보았지만 헛된 일이었다.

"이제 우리한테 어떤 일이 일어날까요? 반지를 찾을 수 없으니 이제 우리를 기다리고 있는 건 재앙뿐이에요!"

"지금 당장 도망칩시다."

라울이 단호하게 말했다.

크리스틴은 반지가 끼워져 있던 손가락을 만지작거리며 눈물이 가득 고인 눈으로 라울을 바라보았다. 그러고는 힘겹게 입을 열었다.

"안 돼요! 내일 하기로 해요!"

크리스틴은 서둘러 라울을 떠나보냈다.

라울은 몹시 심란한 마음으로 집으로 돌아왔다. 그날 밤 잠자리에 들면서도 어떻게 하면 크리스틴을 구할 수 있을지에 대해서만 생각했다. 불을 끄고 사방이 어둠 속에 잠기자, 라울은 큰 소리로 에릭을 모욕하고 싶은 마음이 솟구쳤다. 그리하여 허공을 향해 크게 세 번을 외쳤다.

"이 사기꾼아! 이 사기꾼아! 이 사기꾼!"

순간 그는 벌떡 몸을 일으켰다. 그의 침대 발치에 활활 타오르는 불덩이 같은 두 눈이 나타났던 것이다! 그 눈은 어둠 속에서 그를 노려보고 있었다.

라울은 겁쟁이가 아니었지만 온몸이 부들부들 떨리는 것을 막을 수는 없었다. 떨리는 손으로 간신히 램프에 불을 붙이자, 그 눈은 자취를 감춰 버렸다.

'크리스틴은 그의 눈이 오직 어둠 속에서만 보인다고 했어. 그렇다면 지금 내 눈에 보이지 않을지라도 여기 어딘가에 그가 있을지도 몰라.'

라울은 자리에서 일어나 방 안을 둘러보았다. 어린아이처럼 엎드려서 침대 밑을 들여다보기도 했다. 문득 그러고 있는 자신이 바보같이 느껴져, 다시 잠자리로 들어가 불을 껐다. 그러자 시뻘건 눈이 다시 모습을 드러냈다. 그는 벌떡 일어나 앉아 그 눈을 노려보며 소리쳤다.

"당신이 에릭이오? 인간이든 유령이든 어서 대답을 해!"

그 눈은 발코니 쪽에서 빛나고 있었다. 라울은 손을 뻗어 침대 옆에 있는 탁자의 서랍을 열었다. 그리고는 권총을 꺼내 두 눈을 겨냥했다. 탕! 권총이 요란한 소리를 냈다. 동시에 빛나던 두 눈도 사라져 버렸다. 복도를 따라 황급히 뛰어오는 사람들의 발소리가 들려왔다. 곧 하인들과 샤니 백작이 몹시 놀란 표정으로 나타났다.

"무슨 일이냐?"

백작이 놀란 표정으로 물었다.

"잠을 방해하는 별 두 개가 있기에 쏴 버린 것 뿐이에요."

"무슨 소리를 하는 게냐? 어디 아프니? 라울, 말 좀 해 보거라. 무슨 일이냐?"

"아니요, 전혀 아프지 않아요. 곧 알게 될 거예요……."

라울은 그렇게 말한 뒤, 자리에서 일어나 창문을 열고 발코니 밖을 내다보았다.

"자, 보세요! 핏자국이 있잖아요! 보셨어요? 참 다행이에요! 피를 흘리는 유령은 덜 위험하니까요!"

"라울! 정신 좀 차려!"

백작이 라울의 몸을 흔들어 대며 크게 소리를 질렀다.

"형님도 피가 보이지요? 꿈을 꾸고 있었던 게 아니에요. 그것은 별이 아니었어요. 에릭의 눈이었지요……. 여기에 그의 핏자국이 있잖아요!"

샤니 백작이 말했다.

"라울, 네가 쏜 것은 고양이였다."

라울은 유령과 에릭에 대해 계속해서 말했다. 그의 입에서는 알 수 없는 말들이 계속 튀어나왔다. 그는 자신의 생각을 논리적으로 설명하려 했지만, 백작과 하인들은 라울의 머리가 이상해지고 있다고 생각할 수밖에 없었다. 나중에 그 사건을 담당한 판사 역시 경찰의 수사 기록을 보았을 때 똑같은 결론에 도달하였다.

백작이 물었다.

"도대체 에릭이 누구냐?"

"제 사랑의 경쟁자예요. 만약 그가 죽지 않고 아직 살아 있다면 참 유감스런 일이지요."

라울은 하인들을 방에서 나가도록 했다. 그 때 방을 나가던 하인들 중 한 명이 라울이 백작에게 이렇게 말하는 소리를 들었다.

"내일 밤 크리스틴을 데리고 떠나겠습니다."

뒷날, 그 하인은 치안 판사인 포르 앞에서 이 말을 증언했다. 그러나 그날 밤 두 형제 사이에서 정확히 어떤 말이 오고갔는지는 그 누구도 자세히 알지 못했다. 하인들은 두 형제가 말다툼을 한 것이 그 때가 처음이 아니라고 말했다. 그들의 목소리는 복도를 쩌렁쩌렁 울릴 정도였고, 언제나 크리스틴 다에라는 여가수가 문제가 되었다는 것이다.

다음 날 아침, 샤니 백작은 서재에서 아침을 먹으면서 동생을 데려오라고 했다. 라울은 우울한 얼굴로 조용히 들어왔다. 백작은 라울에게《에포크》지 한 부를 건네며 말했다.

"읽어 봐라!"

신문에는 라울 샤니 자작과 크리스틴 다에 양이 결혼을 약속했다는 기사가 실려 있었다. 필리프 샤니 백작은 샤니 가문과 어울리지 않는 그 결혼을 어떻게 해서든 막을 생각이라는 내용도 전했다. 그 신문은 독자들에게 두 형제가 서로를 무척 아끼고 존중하고 있다면서, 과연 형제 간의 우애가 남녀 간의 낭만적인 사랑을 이길 수 있을지 궁금하다고 전하고 있었다.

백작이 엄한 목소리로 말했다.

"라울, 이제 알겠느냐? 네 행동 때문에 우리 집안이 세간의 웃음거리가 되었다. 오늘 밤 그 여자와 함께 떠난다는 그런 바보 같은 짓을 정말로 하지는 않겠지? 내가 그렇게 하도록 내버려두지 않겠다!"

"형님… …, 안녕히 계십시오."

라울은 다른 말은 하지 않은 채 그저 작별 인사만 남기고 방에서 나갔다.

백작이 동생의 모습을 다시 본 것은 그날 저녁 오페라 극장에서였다. 크리스틴이 사라지기 불과 몇 분 전이었다.

라울은 그날 온종일 도망갈 준비를 하느라 몹시 분주했다. 밤아홉 시가 되자, 여행 준비를 마친 마차 한 대가 오페라 극장 앞에 섰다. 그 옆에는 사륜마차 석 대가 나란히 서 있었다. 석 대의 마차 중 한 대는 파리로 돌아온 카를로타의 것이었고, 다른 한 대는 라 소렐리의 마차, 또 다른 한 대는 필리프 샤니 백작의 마차였다.

그 때 기다란 검은 코트에 검은색 중절모를 쓴 그림자 하나가 마차들 옆을 지나갔다. 그는 여행용 마차로 다가가 이리저리 유심히 살펴보더니 한 마디 말도 없이 가 버렸다.

뒷날 포르 판사는 그 그림자가 라울 샤니 자작임에 틀림없다고 생각했다. 그러나 나는 그렇게 생각하지 않는다. 자작은 언제나 실크 모자를 쓰고 다녔다. 그날도 그는 그 모자를 쓰고 있었다. 더욱이 그 모자는 나중에 다른 곳에서 발견되었다. 나는 그 그림자가 오페라의 유령이었을 것이라고 생각한다. 유령은 라울과 크리스틴의 계획을 모두 알고 있었음이 분명하다.

오페라 극장은 사람들로 가득 차 있었다. 샤니 백작은 개인 관람석에 혼자 앉아 마르가리타로 등장한 크리스틴의 모습을 뚫어져라 응시하고 있었다. 그러나 생각은 다른 곳을 향하고 있는 듯했다.

　그날 아침 신문 기사 덕분에, 극장에 모인 사람들은 샤니 가문과 여가수를 둘러싼 이야기를 알고 있었다. 크리스틴이 노래를 부를 때마다 사람들은 서로 의미심장한 눈길을 주고받으며 샤니 백작을 흘끗흘끗 쳐다보았다. 특히 로얄석에 앉은 상류층의 사람들은 감히 샤니 가문을 넘본 하찮은 여가수를 절대로 용서할 수 없다는 듯한 표정을 짓고 있었다.

　크리스틴은 관객들 사이에 감도는 적대감을 느끼고 점점 자신감을 잃어 갔다. 바로 그 때 카를로타가 등장했다. 가련한 크리스틴은 자신의 경쟁자가 경멸 어린 눈길을 보내며 로얄석에 앉는 것을 보았다. 카를로타의 얼굴에는 거만한 표정이 감돌았다. 그러나 뜻밖에도 경쟁자의 오만한 태도가 크리스틴에게 마지막 힘을 그러모을 수 있는 용기를 주었다.

　크리스틴은 자신의 영혼을 다 바쳐 노래를 불렀다. 그리고 그것은 대성공이었다. 관객들의 마음을 다시 사로잡는 데 성공한 것이었다. 관객들이 모두 황홀감에 빠져 있을 때, 관람석에서 한 남자가 크리스틴을 바라보며 일어섰다. 라울이었다.

　크리스틴이 '내 영혼은 그대와 함께 쉬고 싶어요!'라는 대목을 노래할 때였다. 무대가 갑자기 칠흑같이 캄캄해졌다가 금세 다시 환하게 밝아졌다. 그런데 크리스틴이 무대에서 사라지고 없었다!

도대체 무슨 일이 일어난 것인가? 그녀는 어디로 갔는가? 사람들이 웅성거리기 시작했다. 무대에서도, 관람석에서도 큰 혼란이 일어났다. 황급히 무대의 막이 내려졌다. 라울의 입에서 절규에 가까운 비명이 터져 나왔다. 샤니 백작은 관람석에서 벌떡 일어났다. 사람들은 두 사람을 번갈아 보며, 이 사건이 신문의 그 기사와 어떤 관련이 있는 것은 아닐까, 하고 생각했다.

라울은 서둘러 자리를 떠났고, 샤니 백작도 개인 관람석에서 자취를 감췄다. 관객들이 하나같이 입을 열어 저마다의 생각들을 늘어놓는 바람에 객석이 시장통처럼 술렁거렸다.

마침내 막이 다시 오르고 가수 한 사람이 무대에 나와서 심각한 목소리로 말했다.

"여러분, 누구도 이해하기 힘든 일이 일어나 우리 모두 놀라움을 금치 못하고 있습니다. 크리스틴 다에 양이 우리 눈앞에서 사라졌습니다……. 어디로, 어떻게 사라진 것인지 아무도 알지 못합니다!"

커튼 뒤에는 수많은 사람들이 모여들어 있었다. 가수들, 무용수들, 무대 장치를 맡은 사람들, 기자들……. 모두가 너나 할 것 없이 고함을 질러 대며 질문을 하고 서로 떠들어 대느라 난장판이었다.

"크리스틴은 어디로 간 거요?"

"달아났겠지요."

"물론 샤니 자작과 함께겠지요?"

"그게 아니라, 백작과 함께라던걸!"

"아니야, 그건 유령 짓이래요!"

중앙 홀 한쪽 구석에서는 세 사람이 몹시 걱정스런 표정으로 서서 나지막하게 이야기를 나누고 있었다. 합창단장 가브리엘, 연출 감독 메르시에, 그리고 비서 레미였다. 그들은 총감독들에게 크리스틴 다에의 실종을 알리고 싶었다. 그러나 총감독들은 사무실 안에 틀어박힌 채 귀찮게 하지 말라는 명령을 내렸다는 것이다.

레미는 이미 여러 차례 총감독 사무실 문 앞에 서서 문을 열도록 설득하였다. 한참 만에 문이 열리더니 몽샤르맹이 얼굴을 내밀고 거친 목소리로 물었다.

"혹시 옷핀 하나 갖고 있나?"

"옷핀이요? 없는데요."

"그럼 어서 꺼져!"

그는 레미에게 버럭 고함을 지르고는, 옷핀을 가져오라고 고래고래 소리를 질러 댔다. 마침내 잔심부름을 하는 소년이 그에게 옷핀을 가져다 주자 재빨리 문을 닫아 버렸다.

레미는 다시 중앙 홀의 한쪽 구석으로 돌아와, 가브리엘과 메르시에에게 총감독 사무실 앞에서 벌어진 일을 들려주었다. 메르시에는 연출 감독인 자신의 책임이 점점 커져 가는 것을 느꼈다. 마침내 그가 입을 열었다.

"내가 직접 가서 모셔 와야겠어!"

그러자 가브리엘이 심각한 표정으로 그를 말렸다.

"참게나, 분명 오페라의 유령이 한 짓일 거야! 감독님들이 그런 행동을 하는 데는 뭔가 이유가 있겠지."

"그건 그 사람들 일이지. 그 사람들이 좀더 현명했다면 진작에 내 말을 들었을 걸세. 미리 경찰에게 알렸어야지!"

메르시에는 그 자리를 떠났다. 그러자 레미가 물었다.

"경찰에게 알려야 한다는 게 뭐죠? 말씀 좀 해 보세요. 가브리엘 단장님, 뭔가 알고 있는 게 있죠? 오늘 저녁 총감독님들은 마치 제정신이 아닌 것처럼 행동했어요. 아니요, 모르는 척하지 마세요. 그분들이 어떻게 행동했는지는 단장님이 더 잘 알고 계시잖아요. 그 이상한 행동을 보면서도 단장님과 메르시에 감독님, 두 분만 유일하게 웃지 않았어요!"

"아무튼 난 모르는 얘기야."

가브리엘은 관심이 없다는 듯 두 손을 번쩍 들어올렸다.

"왜 총감독님들은 아무도 가까이 못 오게 하고 건드리지도 못하게 하는 겁니까?"

"뭐라고? 그게 무슨 말인가?"

"그렇다니까요. 게다가 두 감독님이 뒷걸음질로 걷는 것을 보았어요."

"그건 또 무슨 소린가? 뒤로 걷다니?"

"중간 휴식 시간에 리샤르 감독님이 휴게실 앞에 계시기에 가까이 갔더니, 몽샤르맹 감독님이 황급히 제게 속삭이더라고요. '어서 가! 저리 가라고! 그냥 내버려 두란 말이야!'라고요. 내가 무슨 전염병이라도 옮기는 모양이지요?"

"참 믿기 어렵군!"

"리샤르 감독님은 주위를 둘러보더니, 분명히 앞에는 아무도 없는데도 두 손을 한데 모으고 머리를 조아리며 인사를 하지 뭡니까? 그러고는 천천히 뒤로 걸으면서 자리를 뜨는 게 아니겠어요!"

"그게 정말인가?"

"그리고 몽샤르맹 감독님도 리샤르 감독님을 따라 뒷걸음질을 하면서 자리를 뜨더라고요! 두 분은 그런 식으로 계단을 올라가 사무실까지 갔다니까요. 뒷걸음질로 말이에요! 그분들이 정신 나간 게 아니고서야 어떻게 그런 이상한 행동을 할 수가 있겠어요?"

"춤 연습을 했나 보지."

가브리엘은 스스로도 미심쩍어하면서 이렇게 말했다.

이 말을 듣고 레미는 몹시 화를 냈다. 그는 가브리엘의 귀에다 대고 이렇게 속삭였다.

"이러지 마십시오! 지금 나를 이런 식으로 놀려도 된다고 생각하십니까? 이곳에서 벌어지고 있는 이상한 일들에 대해 단장님과 연출 감독님에게도 책임이 있다는 걸 아셔야지요."

"그게 무슨 말인가?"

"오늘 밤 자취를 감춘 건 크리스틴 다에만이 아니에요. 단장님은 설명해 주실 수 있겠지요. 아까 지리 부인이 홀에 나타났을 때, 메르시에 감독님이 왜 그녀를 억지로 끌고 갔는지 말입니다."

"그 사람이 그랬나? 난 못 봤는데."

"분명히 보았어요. 왜냐하면 단장님 역시 그들과 함께 연출 감독님의 사무실로 갔으니까요. 그 뒤로 지리 부인이 눈에 띄지 않아요."

"우리가 그 여자를 잡아먹기라도 했다는 건가?"

"그건 아니지요. 하지만 그 여자를 사무실에 가뒀잖아요. 그 앞을 지나는 사람이라면 누구나 지리 부인이 고래고래 소리 지르는 걸 다 들었을 거예요."

그 때 메르시에가 숨을 헐떡거리며 나타났다. 그는 방금 전에 자신이 겪은 상황을 두 사람에게 전했다.

그가 총감독 사무실의 문을 두드리자, 몽샤르맹이 문을 열고 나타났다. 무슨 일인지 그의 얼굴이 하얗게 질려 있었다. 메르시에는 크리스틴이 실종되었다고 보고했다. 그러자 몽샤르맹은 "그거 잘됐군!" 하고 말하더니, 메르시에의 손에 옷핀 하나를 쥐어 주고는 문을 닫아 버렸다.

메르시에는 손을 펼쳐 옷핀을 내보였다. 그러자 가브리엘은 몸을 떨며 이렇게 말했다.

"이상하군! 정말 이상한 일이야!"

그 때 갑자기 뒤에서 낯선 목소리가 들려오는 바람에 세 사람은 동시에 뒤를 돌아보았다.

"저, 죄송합니다. 크리스틴 다에를 찾고 있는데요. 혹시 그녀가 어디에 있는지 아십니까?"

세 사람은 오페라 극장에서 벌어진 이 엄청난 소동을 하나도 모른다는 듯한 말투로 질문을 던지는 그 사람의 태도에 웃음이 나올 지경이었다. 그러나 그의 얼굴을 보는 순간, 웃음을 거두지 않을 수 없었다. 너무나 절망적이고 고통스러워 보이는 그 얼굴의 주인공은 바로 라울 샤니 자작이었기 때문이다.

크리스틴이 자취를 감춘 뒤, 라울은 무대 뒤로 달려가 애타게 그녀의 이름을 불렀다. 이 모든 게 에릭이 꾸민 짓이라는 생각이 들었다. 그는 서둘러 크리스틴의 분장실로 달려갔다. 문을 여니 그날 밤 도망갈 때 입으려고 준비해 둔 그녀의 옷들이 보였다. 라울의 두 눈은 쓰라린 눈물로 얼얼해졌다.

크리스틴은 왜 좀더 일찍 도망치기를 거절했던가? 엄청난 재앙이 일어날 거라는 협박을 왜 그토록 하찮게 생각했던 걸까? 왜 그 괴물의 사랑을 받아들이는 척했을까? 순간적인 동정심 때문에? 자신의 노래를 그 괴물에게 마지막으로 바치려고 한 이유는 도대체 무엇일까?

라울은 에릭이 자신들의 도피 계획을 알고 크리스틴을 데리고 간 것이라고 확신했다. 그는 전날 밤 자신의 침대에서 본 두 눈을 생각했다. 왜 그 자를 죽이지 않았던가!

그 때 스크리브 거리에서 호수로 이어진다는 비밀 통로가 떠올랐다. 라울은 부랴부랴 스크리브 거리로 달려갔다. 근처를 샅샅이 뒤지고 관리인에게 물어보기도 했지만, 호수로 가는 길은 그 어디에서도 찾을 수 없었다.

라울은 어쩔 수 없이 극장 안으로 다시 왔다. 그러다 세 사람이 모여 이야기를 나누는 것을 보고는 다급히 크리스틴의 행방을 물었던 것이다.

바로 그 순간 또 다른 사람이 나타났다. 메르시에는 라울의 관심을 그에게로 돌려 버렸다.

"이 분에게 물어보시지요. 수사관 미프루아 씨입니다."

미프루아가 먼저 라울에게 말을 걸었다.

"샤니 자작님, 만나서 반갑습니다. 저와 함께 잠깐 가실까요?

그런데 총감독들은 지금 어디에 있습니까?"

메르시에는 아무 대답도 하지 않았다. 그러자 레미가 총감독들은 사무실에 처박혀 있느라 무슨 일이 일어났는지 전혀 모르고 있다고 대답했다.

"그게 말이나 되오? 당장 사무실로 올라갑시다!"

미프루아가 앞장서서 사무실로 향하자, 사람들이 그의 뒤를 따랐다. 메르시에는 그 틈을 타 재빨리 가브리엘의 손에 열쇠 하나를 쥐어 주며 이렇게 속삭였다.

"일이 잘못되어 가고 있는 것 같군. 지리 부인을 풀어 주는 게 좋겠어."

가브리엘은 슬며시 그 자리를 빠져 나왔다.

수사관을 앞세운 사람들은 곧 총감독 사무실 앞에 도착했다. 문은 여전히 굳게 잠겨 있었다.

"경찰이오. 명령이니 문을 여시오!"

미프루아가 사무실 문을 두드리며 소리를 질렀다. 마침내 문이 열리고, 사람들이 사무실 안으로 몰려 들어갔다. 라울이 사람들을 따라 막 사무실 안으로 들어가려는 순간, 누군가가 그의 어깨에 손을 얹으며 나지막이 말했다.

"에릭의 비밀은 그 누구와도 상관이 없소!"

뒤를 돌아보니 검은 피부에 푸른빛이 감도는 눈, 그리고 머리에 이국적인 모자를 쓴 사람이 서 있었다. 바로 그 페르시아 인이었다! 그는 재빨리 입술에 손가락을 갖다 대었다. 라울은 깜짝 놀라 할 말을 잃어버렸다. 페르시아 인은 고개를 숙여 인사하고는 다시 사라졌다.

제 8 장
이만 프랑과 옷핀

크리스틴이 실종된 바로 그날, 총감독들은 아침 일찍 유령에게서 두 번째 편지를 받았다. 돈을 지불할 때가 되었음을 상기시키는 내용이었다. 편지의 내용은 다음과 같았다.

지난달에 했던 것과 똑같이 하시오. 지난달에는 아주 잘하셨소. 이만 프랑을 이 봉투에 넣어 지리 부인에게 주시오.

그 편지는 평범한 봉투에 들어 있었다. 그들은 그 봉투 안에 돈만 넣으면 되었다.

사실 총감독들은 지난달에도 오페라의 유령으로부터 돈을 송금하라는 편지를 받은 적이 있었다. 두 사람은 그 때까지도 이 모든 일이 전임 총감독들의 짓이라는 생각을 하고 있었기에, 이번에야말로 꼭 공갈 사기범을 잡고야 말겠다고 결심했다.

두 사람은 가브리엘과 메르시에를 불러 누구에게도 발설하지 않겠다는 약속을 받아 낸 다음, 모든 사실을 털어놓고 협조를 구했다. 그리고 유령이 시킨 대로 지리 부인에게 이만 프랑의 지폐가 든 봉투를 건넨 후, 5번 박스석을 지켜보았다.

네 사람은 공연이 진행되는 동안, 단 한 순간도 돈 봉투에서 눈을 떼지 않았다. 그러나 아무리 기다려도 유령은 나타나지 않았다. 그들은 지칠 대로 지친 나머지 돈 봉투를 확인해 보기로 했다. 봉투는 봉인도 뜯기지 않은 채 그 자리에 고스란히 남아 있었다. 그러나 그 안에 들어 있는 것은 이십 프랑짜리 위조 지폐였다!

총감독들이 유령의 편지를 다시 받은 그날(크리스틴이 사라진 바로 그날이다.) 리샤르는 몽샤르맹이 보는 앞에서 천 프랑짜리 지폐 스무 장을 봉투 안에 넣었다. 이번에는 봉인을 하지 않았다. 〈파우스트〉 제1막의 막이 오르기 삼십 분 전쯤이었다. 그리고 나서 그들은 지리 부인을 사무실로 불렀다. 몇 가지 확인해야 할 사항이 있어서였다.

첫 번째 이만 프랑이 그렇게 사라지자, 총감독들은 똑같은 일이 되풀이되지 않게 하려고 머리를 맞대고 고민했다. 그러나 그 사건으로 서로가 서로를 믿지 못하는 관계가 되어 버렸다. 당시에 몽샤르맹은 경찰에 신고를 하려고 했지만, 리샤르가 한사코 말렸다.

"바보 짓은 하지 말자고. 파리 시민 모두가 우리를 보고 비웃을 걸세. 첫 번째의 승부에서는 오페라의 유령이 이겼어. 그러나 두 번째 승부에서는 우리가 이길 거야."

그러나 몽샤르맹은 리샤르에 대한 의구심을 떨치지 못했다. 리샤르의 충동적인 성격 때문이었다. 그러면서도 두 사람 모두 속으로는 지리 부인을 의심하기도 했다.

크리스틴이 실종된 그날, 지리 부인은 총감독들의 사무실에 불려가서도 자신이 첫 번째 이만 프랑을 훔친 것으로 의심을 받고 있다는 생각은 전혀 하지 않았다.

리샤르가 물었다.

"지리 부인, 이 봉투에 무엇이 들어 있는지 알고 있소?"

그녀가 대답했다.

"아니요, 그걸 제가 어떻게 알겠어요."

"자, 보시오."

"천 프랑짜리 지폐로군요!"

지리 부인은 눈을 반짝이며 소리를 지르다시피 대답했다.

"그렇소, 당신도 이미 알고 있었잖소?"

"제가요? 제가 알고 있었다고요?"

"거짓말하지 마시오! 경찰을 불러 지금 당장 당신을 체포하라고 하겠어!"

지리 부인은 충격을 받았다.

"나를 체포한다고요?"

"당신은 도둑이니까!"

지리 부인은 화가 나서 악다구니를 쓰기 시작했다.

"내가 도둑이라고? 내가? 이런 모욕적인 말은 생전 처음 들어보겠네! 난 지금까지 그런 짓은 한 번도 해 본 적이 없어!"

그러더니 갑자기 리샤르에게 추궁하듯이 말했다.

"리샤르 씨, 이만 프랑이 어디로 갔는지는 나보다 당신이 더 잘 알고 있잖아요!"

"내가 말이오? 내가 그걸 어떻게 안다는 거요?"

리샤르가 당황하자, 몽샤르맹은 불만에 찬 얼굴로 지리 부인에게 제대로 설명해 보라고 했다.

"무슨 말이오? 리샤르가 더 잘 안다니?"

리샤르는 자신을 의심하는 몽샤르맹의 시선을 받자 얼굴이 화끈 달아오르는 것을 느꼈다. 그는 화가 머리끝까지 치밀어 올라서 지리 부인에게 고래고래 소리를 질렀다.

"무슨 근거로 그런 말을 하는 거요? 대답해 봐요!"

"이만 프랑이 당신의 주머니 속으로 들어갔으니까요!"

리샤르가 당장이라도 지리 부인을 후려칠 기세로 달려들었다. 그러나 몽샤르맹은 리샤르의 손을 막으며 지리 부인에게 물었다.

"왜 리샤르가 이만 프랑을 자신의 주머니에 넣었다고 말하는 거요?"

"리샤르 씨를 의심하는 것은 아니에요. 하지만 돈이 리샤르 씨의 주머니로 들어간 것만은 분명해요. 거기에 돈 봉투를 집어넣은 사람이 바로 나니까요."

"그것 보게! 나도 그 일에 대해서는 아무것도 모른다네!"

"잠깐만 참아 보게! 설명을 계속 들어 보자고. 자, 말해 보시오. 당신이 리샤르의 주머니 속에 넣은 봉투는 어떤 것이었소? 우리가 당신에게 준 봉투에는 이만 프랑이 들어 있었소. 그런데 당신이 5번 박스석에 놓은 봉투는 이만 프랑이 들어 있는 봉투가 아니었단 말이오."

그러자 리샤르가 다그치듯 물었다.

"그날 저녁 난 당신을 본 적이 없어. 내내 5번 박스석에서 그 봉투를 지켜보고 있었는데, 어떻게 넣었다는 거요?"

"아니에요, 그날 저녁에 돈 봉투를 집어넣은 게 아니랍니다. 다음 공연 때 그랬어요. 문화부 장관님이 오신 그날 저녁에 말이에요."

지리 부인은 계속해서 해명했다. 문화부 장관이 오페라 극장을 방문한 날 저녁, 그녀는 몽샤르맹이 자기에게 준 봉투를 슬그머니 리샤르의 호주머니에 밀어 넣었다는 것이다. 그녀가 유령의 개인 관람석에 둔 봉투는 그것과 똑같이 생긴 다른 봉투로, 유령이 미리 주었다고 했다. 지리 부인은 그것을 소매 속에 숨기고 있었다는 것이다.

그러더니 지리 부인은 자기 옷소매를 뒤져 봉투 하나를 꺼냈다. 이만 프랑이 들어 있는 봉투와 똑같은 봉투였다. 그들이 살펴보니 그 봉투에도 이십 프랑짜리 위조 지폐가 들어 있었다. 그녀는 곧이어 어떻게 그 일을 처리했는지 보여 주기 위해 그때의 행동을 재연했다.

리샤르가 감탄한 표정으로 말했다.

"대단해! 정말 훌륭한 속임수야. 유령은 내 호주머니에 돈 봉투를 미리 넣어 놓고는 직접 내 주머니에서 돈을 가져갔군. 그런데 난 눈치도 못 채고……. 나는 그곳에 돈 봉투가 들어 있는 줄도 몰랐으니…… 정말 멋진 솜씨야!"

몽샤르맹이 맞장구를 쳤다.

"아, 물론 멋진 솜씨고말고! 두말하면 잔소리지! 하지만 리샤르, 한 가지 자네가 잊고 있는 사실이 있어. 이만 프랑 중에 만 프랑은 내가 낸 것인데, 내 호주머니에는 아무것도 들어 있지 않았다는 점이네!"

몽사르맹의 마지막 말은 동료에 대한 의심을 분명하게 드러내고 있었다. 리샤르가 무슨 말을 해도 소용이 없었다. 결국 리샤르는 이만 프랑이 사라졌던 그날 저녁에 자신이 한 모든 동작을 몽샤르맹 앞에서 그대로 되풀이해야 했다. 그리하여 비서 레미가 그들의 이상한 행동을 목격하게 된 것이었다.

몽샤르맹이 지켜보는 가운데, 지리 부인이 이만 프랑을 리샤르의 호주머니 속에 집어넣어 보기로 했다. 리샤르는 문화부 장관에게 찬사와 존경을 보내던 그 때 그 장소에 서 있었고, 몽샤르맹이 뒤에서 그를 지켜보고 있었다.

지리 부인이 리샤르에게 몸을 스치면서 봉투 하나를 그의 코트 호주머니에 슬쩍 밀어 넣고 사라졌다. 그 직후 그녀는 미리 몽샤르맹의 지시를 받은 메르시에의 손에 끌려 연출 감독의 사무실에 갇혀 버렸다. 유령과 접촉할 수 없게 하기 위해서였다.

한편 리샤르는 자기 앞에 문화부 장관이 서 있는 것처럼 인사를 하면서 뒷걸음질을 했다. 실제로 장관이 그 앞에 있었다면 그런 행동은 조금도 놀라운 일이 아니었을 것이다. 하지만 리샤르 앞에는 아무도 없었고, 마침 이런 행동을 본 사람들은 웃음을 참을 수 없었던 것이다.

몽샤르맹은 리샤르가 하는 행동을 그대로 따라 했다. 아무도 자신들을 건드려서는 안 되었기에, 레미를 밀쳐 버리고 인사를 건네는 중앙은행의 은행장에게 자신을 건드리지 말라고 부탁했다. 혹시 이만 프랑이 사라지고 난 후 리샤르가 "은행장 짓이거나…… 아니면 레미 짓이겠지."라고 말하는 일은 없어야 했기 때문이다.

두 사람은 계속 뒷걸음질을 하면서 그들의 사무실로 들어갔다. 몽샤르맹이 리샤르의 뒤에서 경계의 시선을 늦추지 않은 채 말이다. 몽샤르맹은 자기 호주머니에 사무실 열쇠를 집어넣으며 말했다.

"지난번에도 나는 무대를 떠나오는 자네를 만나서 이렇게 바짝 붙어 왔었네. 그리고 사무실에 내내 함께 틀어박혀 있었지. 오페라 극장을 떠나 집으로 갈 때까지."

"이 방에는 아무도 들어오지 않았고 말이야."

"아무도 들어오지 않았지."

"그렇다면…… 오페라 극장에서 집으로 가는 도중에 사라진 게 분명해."

"아니, 그건 불가능한 일이야. 내가 마차로 자네를 집까지 데려다 주지 않았나. 그렇다면 이만 프랑은 자네 집에서 사라진 거야. 틀림없어."

"내 하인들이 손을 댔을 리가 없어!"

몽샤르맹은 두 눈을 치켜 올리며 어깨를 한 번 으쓱했다. 더 이상 자질구레한 것에 대해 왈가왈부하고 싶지 않다는 듯한 태도였다. 리샤르는 그 모습에 모욕감을 느꼈다.

"몽샤르맹, 해도 해도 너무하는군."

"리샤르, 나도 지긋지긋하네!"

"자네는 나를 의심하는 건가?"

"그래, 자네가 바보 같은 장난을 치고 있지 않은가!"

"아니, 이만 프랑이나 되는 돈을 가지고 장난을 칠 사람이 어디 있단 말인가."

"그게 바로 내 생각이네!"

그러자 리샤르가 팔짱을 끼고는 이렇게 말했다.

"그러고 보니 이런 생각이 드는군. 자, 생각해 보자고. 자네는 나를 마차에 태워 집까지 데려다 주었어. 그러니 내 근처에 접근한 사람은 오직 자네뿐이야. 만약 이만 프랑이 내 주머니에 없다면, 모르긴 몰라도 그 돈은 자네 주머니에 들어가 있겠지!"

몽샤르맹이 펄쩍 뛰면서 소리쳤다.

"이런! 당장 옷핀이 있어야겠어! 옷핀 좀 가져와!"

"옷핀으로 뭘 하려고?"

"이만 프랑을 자네 옷에 붙잡아 매야겠어! 그러면 자네는 호주머니를 잡아당기는 손을 느낄 수 있고, 그게 내 손인지 아닌지 알 수 있겠지! 하, 지금 나를 의심하고 있다 이거지? 자네가 나를 말이야! 뭐 하고 있어? 당장 옷핀을 가져와!"

몽샤르맹이 문을 열고 복도를 향해 소리를 지르던 바로 그 순간, 레미가 바로 문 밖에 서 있었다.

"옷핀을 가져와! 누구든 나한테 옷핀 좀 갖다 달라고!"

마침 심부름하는 소년이 옷핀을 가져왔고, 몽샤르맹은 레미의 면전에서 세차게 문을 닫아 버렸다. 그러더니 리샤르의 뒤쪽으로 다가가서, 부들부들 떨리는 손으로 호주머니에서 봉투를 집어들어 지폐를 꺼냈다. 먼저 그 지폐가 진짜인지 확인을 하고 난 후, 아주 조심스럽게 옷핀으로 코트 주머니에 봉투를 매달았다. 그런 다음 리샤르의 뒤에 앉아 호주머니에서 시선을 떼지 않았다. 리샤르는 자기 책상에 앉아 꼼짝하지 않았다.

몽샤르맹이 달래듯이 말했다.

"이제 곧 열두 시가 될 테니 조금만 참게. 지난번에도 열두 시에 자리를 떴거든."

시간은 느리게 흘러갔다. 긴장되면서도 지루한 시간이었다. 그 순간을 참기 힘들었던지, 리샤르가 농담을 던졌다.

"이 방 공기가 좀 이상하지 않은가? 어째 유령이라도 있는 것 같지 않아?"

몽샤르맹이 진지하게 그렇다고 말했다. 리샤르는 목소리를 한껏 낮추어 말하기 시작했다.

"자네, 한번 생각해 보게. 만약 책상 위에 봉투를 갖다 놓은 게 유령이라면……. 5번 박스석에 앉아 말을 한 게…… 뷔케를 살해한 것도…… 샹들리에를 바닥에 떨어뜨린 것도…… 그리고 우리한테서 돈을 훔친 것도 모두 유령이라면 말이야. 지금 이곳에는 자네와 나 말고 아무도 없어. 만약 지폐는 사라졌는데 자네와 나는 모르는 일이라면, 그렇다면 결국, 결국 유령이 있다는 것을 믿을 수밖에 없잖은가······."

그 순간 시계가 열두 시를 알리는 종을 치기 시작했다. 몸이 부르르 떨리고 이마에 식은땀이 흘러내렸다. 시계가 종을 모두 치자 둘은 안도의 한숨을 내쉬며 의자에서 일어났다.

몽샤르맹이 물었다.

"자리를 뜨기 전에 자네 호주머니를 봐도 괜찮겠나?"

"암, 그래야 하고말고!"

몽샤르맹이 호주머니를 더듬자 리샤르가 물었다.

"어떤가?"

"있어. 옷핀이 느껴지는군."

"다행이군. 하긴 우리도 모르게 돈을 가져갈 수는 없지."

그 순간 몽샤르맹이 당황하여 크게 소리를 질렀다.

"옷핀은 있는데, 지폐가 만져지지 않아!"

리샤르가 얼른 코트를 벗어서 호주머니를 뒤집었다. 호주머니가 텅 비어 있었다! 그러나 옷핀은 똑같은 곳에 그대로 꽂혀 있었다. 이제 더 의심할 이유가 없었다.

"유령 짓이야."

몽샤르맹이 속삭였다. 그런데 리샤르가 갑자기 그의 동료에게 덤벼들었다.

"자네 말고는 내 호주머니에 손을 댄 사람이 없어! 어서 이만 프랑을 내놔!"

"이보게, 왜 이래! 맹세코 난 아니야."

몽샤르맹은 너무나 어이가 없어서 거의 기절할 지경이었다.

그 때 누군가가 문을 두드렸다. 몽샤르맹은 얼이 빠져서 기계적으로 문을 열었다. 문 앞에는 연출 감독 메르시에가 서 있었다. 몽샤르맹은 자신이 무슨 말을 하고 있는지도 모른 채 그와 몇 마디 말을 나누었다. 그러고는 어리둥절한 표정을 짓고 있는 연출 감독에게 무의식적으로 손에 들고 있던 것을 쥐어 주었다. 그것은 이제 아무 짝에도 쓸모가 없게 되어 버린 옷핀이었다.

제 9 장
오페라 극장의 지하 세계

수사관 미프루아가 총감독 사무실로 들어와 물었다.

"크리스틴 다에 양이 이곳에 있습니까?"

"아니요, 왜 그러시오? 그녀를 왜 여기 와서 찾습니까?"
아무 영문도 모르는 리샤르가 되물었다.

"그 여자를 찾아야 합니다."

"크리스틴 다에에게 무슨 일이라도 생겼소?"

"그렇습니다. 공연 도중에 사라졌어요."

"참으로 이상한 일이군요!"

"그런가요? 헌데 정말로 이상한 것은, 당신이 지금 나한테서 그 말을 처음 듣는다는 사실 같은데요!"

리샤르가 두 손으로 머리를 감싸며 혼잣말을 했다.

"이거 정말 사람 미치게 만드는군!"

그러고는 고개를 쳐들고 미프루아에게 물었다.

"그래, 크리스틴이…… 크리스틴이 공연 도중에 자취를 감추었단 말이오?"

"그래요, 천사들에게 데려다 달라고 애길하는 바로 그 대목에서 사라졌소. 하지만 천사가 데려갔으리라고는 생각되지 않습니다."

"분명히 천사한테 잡혀갔습니다!"

그 소리에 모두들 뒤를 돌아보았다. 한 젊은이가 창백한 얼굴로 흥분한 듯 몸을 떨고 있었다. 그 젊은이는 계속해서 이 말을 되풀이했다.

"나는 확신합니다!"

미프루아가 물었다.

"도대체 무엇을 확신한단 말이오?"

"천사가 크리스틴을 데려갔다는 사실 말입니다. 저는 그 이름도 알고 있어요!"

"샤니 자작, 그러니까 당신은 천사가 그 여자를 데려갔다고 주장하는 것이로군요. 물론 오페라의 천사겠지요?"

라울은 대답을 하기 전에 총감독들을 제외한 모든 사람들이 자리를 피해 줄 것을 요청했다. 미프루아는 그렇게 하도록 했다.

사람들이 나가자 라울이 다시 입을 열었다.

"수사관님, 그 천사의 이름은 에릭입니다. 그 자는 오페라 극장에서 살고 있어요. 그가 바로 오페라의 천사입니다!"

"오페라의 천사라……. 그것 참 흥미롭군요."

미프루아가 고개를 돌려 총감독들에게 물었다.

"이 극장에 오페라의 천사가 있나요?"

리샤르와 몽샤르맹은 아무 말도 하지 않고 멍한 표정으로 고개를 가로저었다.

라울이 설명했다.

"이 신사 분들은 그 자를 오페라의 유령으로 알고 있어요. 그런데 그 자가 오페라의 천사와 동일 인물입니다. 그리고 진짜 이름은 에릭이지요."

"신사 양반들, 오페라의 유령을 알고 있습니까?"

미프루아가 묻자 리샤르가 대답했다.

"모릅니다, 수사관님. 우리는 몰라요. 우리도 알고 싶습니다. 왜냐하면 오늘 저녁 그 자가 우리한테서 이만 프랑을 훔쳐 갔으니까요!"

그런 다음 리샤르는 몽샤르맹을 향해 무서운 표정을 지어 보였다. 그 표정은 마치 '지금 당장 이만 프랑을 돌려주지 않으면, 모든 이야기를 털어놓고 말겠어.'라고 말하는 것 같았다.

몽샤르맹은 그 표정의 의미를 알아차리고는 귀찮다는 듯 손을 내저으며 말했다.

"그래, 리샤르. 모든 걸 털어놓든 말든 마음대로 하게. 그만 끝내 버리자는 말일세!"

미프루아는 라울과 총감독들을 번갈아 바라보며, 혹시 자신이 정신병원에 와 있는 것은 아닐까, 하는 생각을 했다. 마침내 그가 말했다.

"좋습니다, 먼저 사라진 여인의 문제를 해결한 뒤 이만 프랑 문제를 해결하기로 하지요. 샤니 자작, 크리스틴 양이 에릭이라는 사람한테 납치되었다고 믿습니까? 당신은 그 사람을 알고 있나요? 만나 본 적이 있습니까?"

"있습니다."

"어디서 만났지요?"

"교회 묘지에서 만났습니다."

미프루아는 깜짝 놀라서 라울의 얼굴을 뚫어지게 쳐다보았다. 아무래도 정상이 아닌 것 같았기 때문이다.

라울은 그들에게 페로 기렉과 죽음의 얼굴, 그리고 바이올린에 대해 설명했다. 몽샤르맹과 리샤르는 젊은 자작이 사랑에 미친 나머지 이성을 잃은 모양이라고 생각했다. 미프루아의 느낌도 크게 다르지 않았다.

모두 라울의 말을 건성으로 듣고 있는데, 갑자기 문이 열리더니 낯선 사람 한 명이 들어왔다. 미프루아에게 중요한 메시지를 전달하러 온 탐정이었다. 미프루아는 라울에게서 눈을 떼지 않은 채 탐정의 말에 귀를 기울였다.

마침내 미프루아가 라울에게 말했다.

"샤니 자작, 유령 이야기는 그만두고 이제 당신 이야기 좀 합시다. 오늘 밤 크리스틴 양을 데리고 어디론가 떠날 계획을 갖고 있었나요?"

"맞습니다, 수사관님."

"공연이 끝난 뒤에 말입니까?"

"네, 그래요."

미프루아는 질문을 계속했다.

"샤니 백작이 그 계획에 반대하지 않았습니까?"

"그건 집안 문제입니다."

"당신의 마차가 기다리고 있는 곳에, 샤니 백작의 마차도 있었다는데…… 알고 있었나요?"

"아니요, 다른 일에는 신경 쓸 겨를이 없었습니다."

"샤니 자작, 형님이 한수 위라는 사실을 말씀드려야겠군요! 크리스틴 양을 납치해 간 사람은 바로 자작의 형님입니다!"

가련한 젊은이가 물었다.

"그럴 리가 없어요! 확실합니까?"

"마차가 기다리고 있던 곳에서 백작의 마차만 사라졌다는군요. 크리스틴 양이 사라진 직후, 백작이 마차를 몰고 쏜살같이 파리 시내를 가로질러 가는 걸 본 사람이 있다고 합니다."

"반드시 찾아내고 말겠어!"

라울이 소리치며 사무실 밖으로 뛰쳐나갔다.

미프루아는 기쁜 표정으로 라울의 등에 대고 소리를 질렀다.

"우리도 당신이 꼭 크리스틴 양을 찾길 바라겠소!"

그러고는 멍하게 쳐다보고 있는 두 총감독에게 라울 샤니 자작보다 더 크리스틴을 찾고 싶어 하는 사람은 없을 것이라고 말했다.

"자, 여러분, 이것이야말로 경찰의 기술입니다. 경찰과는 전혀 상관없는 사람의 손으로 사건을 해결하는 것 말입니다! 샤니자작은 지금 자기 형을 찾으러 뛰어나갔어요. 제 보조 수사관이 된 셈이지요."

그러나 그 이후에 일어날 일을 미리 알았다면 미프루아도 그렇게 득의만만해 하지는 못했을 것이다. 그의 보조 수사관인 라울이 첫 번째 복도의 입구로 나서는 순간, 뜻밖의 사람이 나타나 앞을 가로막았다.

"샤니 자작, 어디를 그렇게 서둘러 가십니까?"

라울은 열띤 목소리로 소리를 질렀다.

"또 당신이군! 에릭의 비밀을 알고 있으면서도 나더러는 그 비밀을 말하지 못하게 한 그 사람! 도대체 당신은 누구요?"

"날 알아보시는군요. 보시다시피…… 난 페르시아 인이오!"

아랍풍의 모자를 쓰고 있는 검은 피부의 그 남자는 라울에게 허리를 굽혔다. 라울은 그제야 신비에 싸인 그 인물의 정체를 기억해 냈다. 언젠가 형에게서 들은 적이 있었다. 그러나 페르시아 사람이라는 것과 리볼리 거리에 있는 어느 아파트에 살고 있다는 것 말고는 아는 것이 없었다. 페르시아 인은 라울에게 다시 한 번 물었다.

"어디를 그렇게 서둘러 가시는 길인가요?"

"크리스틴을 찾으러 가는 길이오."

"자작, 그렇다면 이곳을 떠나지 마시지요. 크리스틴 양은 이곳에 있으니까요."

"에릭과 함께 있단 말입니까?"

"그렇습니다."

"당신이 어떻게 그것을 알고 있습니까?"

"나도 그 공연을 보고 있었지요. 에릭 말고는 이 세상의 어느 누구도 사람을 그렇게 납치할 수는 없어요!"

라울은 잠시 생각에 잠겼다가 다시 입을 열었다.

"날 좀 도와주겠습니까? 크리스틴을 찾는 것 말입니다."

"안 그래도 그것 때문에 말을 건넨 것이었습니다. 그녀가 있는 데까지 데려다 드리지요. 에릭이 있는 곳 말입니다."

"그렇게만 해 준다면 반드시 보답하겠소. 그런데 수사관 말로는 크리스틴을 납치한 사람이 내 형님이라더군요."

"자작, 그 말은 믿기 어렵습니다. 그런 납치극을 벌일 수 있는 사람은 에릭밖에 없습니다. 샤니 백작은 마법을 부릴 수 없으니까요."

"역시 그렇지요? 그런 말을 믿다니, 내가 바보였어. 어찌 되었든 당신만 믿겠소. 나를 믿어 주는 사람이 당신밖에 없는데 내가 어떻게 당신 말을 믿지 않을 수 있겠습니까? 내가 에릭의 이름을 말했을 때 웃지 않는 사람은 오직 당신뿐이었소."

"쉿, 조용히 하시오!"

페르시아 인이 걸음을 멈추고 말했다.

"이곳에서는 그의 이름을 입에 올려서는 안 됩니다. 그냥 '그 사람'이라고 말합시다. 그래야 그의 관심을 끌 위험이 적을 테니까."

"그 사람이 우리 가까이에 있다고 생각하나요?"

"아마 그럴 거요. 그녀와 함께 호숫가에 있는 그 집에 있지 않다면 말입니다."

"당신도 그 집을 알고 있습니까?"

"만약 그곳에 없다면 이곳에 있을 거요. 이 벽, 이 마루, 이 천장 어디쯤에 있을는지도 모르지요! 자, 갑시다!"

라울은 페르시아 인을 따라 계단을 몇 차례 오르내렸다. 전에는 본 적이 없는 계단이었다. 이윽고 문이 하나 나타났다. 페르시아 인이 열쇠로 문을 열었다. 안으로 들어가기 전에 그가 말했다.

"샤니 자작, 지금 쓰고 있는 그 높은 모자는 길을 가는 데 방해가 될 거요. 분장실에 놔두고 가는 게 좋겠소."

"분장실이라니요?"

"크리스틴 양의 분장실 말이오."

페르시아 인은 그 말과 동시에 라울을 문 안으로 이끌었다. 놀랍게도 반대편에 분장실의 문이 보였다. 페르시아 인은 분장실 안으로 들어간 후, 칸막이 벽 앞으로 다가가 헛기침을 했다. 그러자 그곳에서 인기척이 나더니, 검은 피부에 페르시아 인의 것과 똑같이 생긴 모자를 쓴 낯선 사람이 분장실 안으로 들어왔다. 그는 페르시아 인에게 상자 하나를 건네주었다.

"다리우스, 고맙네. 본 사람은 없겠지?"

"없습니다, 주인님."

"아무한테도 들키지 않도록 하게."

페르시아 인의 하인은 복도 아래쪽으로 재빨리 사라져 버렸다. 그가 가져온 상자 안에는 권총 두 자루가 들어 있었다.

"크리스틴이 납치되는 것을 보고 하인에게 총을 가져오라고 했지요. 자, 한 자루를 잡으시오. 언제라도 쏠 준비가 돼 있어야 합니다. 총을 얼굴 앞에 바짝 들고 있으시오. 상상하는 것보다 더 끔찍한 상대와 싸우는 것인지라 만반의 준비가 필요합니다."

"당신은 에릭을 증오하는군요!"

페르시아 인이 슬픈 표정을 지으며 대답했다.

"아닙니다, 내가 그를 증오한다면 벌써 오래전에 없애 버렸겠지요."

"그 자가 당신에게 해를 끼쳤나요?"

"그것은 이미 용서했습니다."

페르시아 인은 크리스틴이 그랬던 것처럼 연민이 가득 담긴 목소리로 말했다. 그는 거울 쪽으로 다가가, 여기저기를 더듬기 시작했다.

라울이 물었다.

"거울을 통해 밖으로 나가려고요?"

"그렇다면 자작은 크리스틴 양이 저 거울을 통해 나갔다는 것을 알고 있었소?"

"그녀가 바로 거울 앞에서 사라졌어요. 안쪽 방의 커튼 뒤에 숨어서 지켜봤지요."

페르시아 인은 두 손으로 거울을 밀면서 움직여 보려고 애를 썼다. 그러면서 라울에게 거울이 어떤 원리로 움직이게 되는지 설명했다. 거울 주위를 샅샅이 뒤진 끝에 마침내 작동 장치를 찾아냈다. 그러나 거울은 꿈쩍도 하지 않았다.

"어쩌면 작동할 수 없도록 선을 잘라 놓았을지도 모릅니다."

페르시아 인이 말했다

"왜 그랬을까요? 우리가 이곳을 통해 갈 것이라는 사실을 모르고 있을 텐데."

"예상했을지도 모르지요. 내가 거울의 장치를 알고 있다는 것을 그도 아니까요."

라울은 애가 타서 떨리는 목소리로 물었다.

"거울이 움직이지 않아요! 그렇다면 크리스틴, 크리스틴은 어떻게 됩니까?"

"사람의 힘으로 할 수 있는 모든 방법을 강구할 겁니다. 하지만 오페라 극장의 모든 벽과 문, 그리고 비밀 문은 그의 손아귀에 있어요. 우리들 사이에서 그 사람은 '비밀 문의 연인'으로 알려져 있지요!"

"그런데 이 문은 왜 그 사람만이 열 수 있나요? 그 자가 이 건물을 만든 것은 아니지 않습니까?"

"자작, 이 건물은 바로 그 사람이 만들었습니다!"

갑자기 페르시아 인이 라울에게 조용히 하라는 손짓을 했다. 거울이 미세하게 파르르 흔들리고 있었다. 그는 라울을 자기 쪽으로 잡아당기며 말했다.

"자, 정신 차리고 총을 들어요!"

그들은 총을 들고 거울을 겨누었다. 그 순간 거울이 회전문처럼 중앙을 축으로 빙그르 돌더니, 라울과 페르시아 인을 안으로 들여보냈다. 그들은 곧 칠흑같이 캄캄한 어둠 속으로 내던져졌다.

거울은 한 바퀴 회전하더니 완전히 닫혀 버렸다. 두 사람은 어둠 속에서 잠시 동안 숨을 죽인 채 가만히 서 있었다. 마침내 페르시아 인이 입을 열었다.

"나를 따라오세요. 내가 하는 대로 하십시오."

그는 속삭이듯 재빨리 말하고는 조그만 등불을 밝혔다. 그들이 있는 곳은 사방이 온통 나무로 만들어진 비밀스런 통로였다. 앞서 가던 페르시아 인이 무릎을 꿇고 기어가기 시작했다. 라울도 조심스럽게 그를 따라 기어갔다.

갑자기 페르시아 인이 등불을 껐다. 잠시 후 어둠에 익숙해지자 통로의 마룻바닥 위에 뚫린 구멍이 흐릿하게 보였다. 페르시아 인은 권총을 입에 문 채, 구멍의 가장자리를 잡고 아래로 뛰어내렸다. 라울도 그 뒤를 따랐다.

그곳에는 조그마한 방으로 연결되는 작은 계단이 있었다. 라울은 나무 틈 사이로 새어 나오는 작은 불빛 덕분에 주위의 형체를 희미하게나마 살펴볼 수 있었다. 헉! 그는 자신도 모르게 비명을 지르고 말았다. 저만치에 시체 세 구가 나뒹굴고 있었던 것이다. 한 구는 계단의 발판 위에 누워 있었고, 또 다른 두 구는 계단 꼭대기에 뒤엉켜 있었다.

그 때 방 안에서 낯익은 목소리가 들려왔다. 그 중 한 목소리는 수사관 미프루아의 것이었다. 라울과 페르시아 인은 한쪽에 세워져 있는 널빤지 뒤에 몸을 숨겼다.

미프루아는 무대 감독에게 오페라 극장의 조명 체계에 대하여 질문하고 있었다. 무대 감독이 조명 책임자를 부르기 위해 조명실 문을 열었다. 그러나 그곳에는 아무도 없었다. 사람들이 조명 책임자를 찾기 위해 이곳 저곳을 기웃거리기 시작했다. 미프루아는 계단과 연결된 문을 밀어 보았다. 그러나 문은 꿈쩍도 하지 않았다.

"이거 왜 이래? 이보시오, 이 문은 항상 이런 거요?"

미프루아가 무대 감독에게 물었다. 그러자 무대 감독이 어깨로 문을 세게 밀쳤다. 마침내 문이 열리면서 시체 세 구가 모습을 나타냈다.

라울과 페르시아 인은 어둠 속에 숨어서 그들이 말하는 것을 엿들었다. 시체의 주인공은 조명을 책임지고 있는 가스 주임(그 무렵에는 아직 전기가 많이 사용되지 않아 가스등으로 조명을 밝혔다.) 모클레르와 그의 조수들이었다. 뜻하지 않은 상황에 모두들 너무나 놀라 할 말을 잃고 있을 때, 무대 감독이 천천히 입을 열었다.

"모클레르! 이런, 맙소사……."

사람들은 당연히 그들이 죽은 것이라고 생각했지만, 미프루아는 약물에 취해 깊이 잠들어 있는 것임을 금세 알아챘다. 그는 짐짓 태연한 목소리로 말했다.

"깊이 잠든 것 같군. 누군지 모르지만, 이 사람들을 기절시켜 놓고 크리스틴 다에 양을 납치한 모양이오. 정말 기발하군. 뭐하시오? 어서 주치의를 불러요.”

그러고는 총감독들을 바라보며 다시 말했다.

“자, 총감독 선생들, 이 모든 일을 어떻게 생각하십니까? 여태까지 오직 두 분만 입을 다물고 계시는데, 어떤 생각이든 있으시겠지요?”

라울과 페르시아 인의 눈에 놀란 표정으로 계단 꼭대기에 서 있는 총감독들의 얼굴이 들어왔다. 총감독들은 할 말이 별로 없었다. 사실 그들의 머릿속은 텅 비어 명한 상태였다. 그 때 깊은 생각에 잠겨 있던 무대 감독이 입을 열었다.

“모클레르가 극장에서 잠이 든 건 이번이 처음이 아닙니다. 전에도 그런 적이 있었어요.”

“그게 언제였소?”

“글쎄요……, 그렇게 오래전 일은 아닌 것 같은데……. 아, 맞습니다! 수사관님도 알고 계실 거예요. 카를로타가 그 유명한 ‘꽤-액’ 소리를 내던 바로 그날 밤 말이에요. 모클레르는 그날 자기 방에서 코를 골면서 자고 있었습니다. 옆에는 코담배 상자가 놓여 있었고요.”

“확실합니까?”

미프루아는 무대 감독을 빤히 쳐다보면서 물었다.

라울과 페르시아 인은 기절한 세 사람이 운반되는 모습을 지켜보았다. 물론 다른 사람들의 눈에 띄지 않게 어둠 속에 몸을 숨기고 있었다. 잠시 후 둘만 남게 되자, 페르시아 인은 라울에게 언제라도 총을 쏠 수 있도록 권총을 얼굴 높이에서 단단히 잡고 있으라고 다시 한 번 주의를 주었다.

두 사람은 저 멀리 보이는 희미한 등불에 의지하며 앞으로 천천히 나아갔다. 라울은 페르시아 인의 뒤를 따르면서, 왜 자신이 잘 알지도 못하는 그를 이토록 신뢰하고 있는지 곰곰이 생각해 보았다. 유령에 대한 그의 태도가 너무나 진지하기 때문이 아닐까 싶었다.

그들은 지하 삼층으로 내려갔다. 지하로 내려갈수록 페르시아 인은 더욱더 조심하는 것 같았다. 그런데 어느 순간 작은 등불을 든 그림자들이 나타나 두 사람의 주위를 서성거리기 시작했다. 공포감을 느낀 라울과 페르시아 인은 허겁지겁 더 깊은 지하로 달려 내려갔다.

오페라 극장의 지하는 실로 엄청난 규모였다. 모두 다섯 개의 층으로 이루어져 있었다. 그곳은 지상 세계에서는 상상하기조차 힘들 만큼 비밀스럽고 신비한 공간이었다. 무시무시하면서도 이상야릇한 소리들이 지하 세계를 떠돌고 있었다.

사실 오페라 극장의 지하 통로는 파리 코뮌 시절 죄수들을 지하 감옥으로 데려가기 위해 고안된 것이었다. 그 비밀스런 장소를 에릭은 자신만의 공간으로 다시 태어나게 한 것이었다.

라울이 초조한 듯이 물었다.

"호수까지는 아직 멀었나요? 언제쯤에나 도착하는 겁니까? 어서 가서 그 자와 담판을 지어야겠어요."

페르시아 인이 말했다.

"이봐요, 젊은 자작. 호수를 통해서 그 집으로 들어가는 것은 가능한 일이 아닙니다. 감시가 철통 같아요. 오페라 극장에서 실종된 문지기들도 아마 호수를 건너려다가 사고를 당했을 거요. 하마터면 나도 빠져 죽을 뻔한 적이 있었소."

"그렇다면 왜 여기까지 온 건가요?"

"날 믿어요. 크리스틴 양을 구할 방법은 딱 한 가지뿐이오. 에릭의 눈에 띄지 않고 그 집 안으로 들어가는 것 말이오."

"호수를 건너지 않고도 그렇게 할 수 있다는 것입니까?"

"지하 삼층에 통로가 있어요. 자, 이제 다시 삼층으로 올라갑시다. 마음을 단단히 먹으세요. 그 통로가 어디냐 하면…… 바로 조제프 뷔케가 살해되었던 곳입니다."

드디어 두 사람은 조제프 뷔케의 시체가 발견된 지점에 다다랐다. 그곳에는 오페라 공연에서 사용된 갖가지 무대 배경들이 버려져 있었다. 조제프 뷔케는 버려진 무대 배경과 세트 사이에서 발견되었다.

페르시아 인이 그 사이로 들어가 벽을 더듬어 밀었다. 그러자 돌 하나가 떨어지면서 사람이 겨우 통과할 수 있을 만한 작은 입구가 드러났다. 두 사람은 조심스럽게 입구 안으로 기어 들어갔다.

얼마 가지 않아, 페르시아 인이 가던 길을 멈추고 말했다.

"자, 조금 더 가면 바닥에 구멍이 있습니다. 그 구멍 아래로 뛰어내릴 거예요. 신발은 벗어 두세요. 돌아올 때 다시 찾을 수 있을 겁니다."

페르시아 인은 무릎으로 기어 조금 더 나아간 뒤 다시 말했다.

"이제 돌 가장자리를 잡고 그의 집 안으로 뛰어내릴 겁니다. 나를 따라 하면 되니까 조금도 겁먹을 것 없어요. 내가 밑에서 잡아 주겠소."

페르시아 인이 먼저 뛰어내리고, 라울이 그 뒤를 따랐다. 그런 다음 가만히 서서 귀를 기울였다. 주위는 칠흑처럼 캄캄했고 납덩어리처럼 무거운 침묵이 두 사람을 에워쌌다. 페르시아 인은 등불을 켜서 그들이 빠져 나온 구멍을 찾아보았다. 그러나 작은 등불로는 쉽사리 찾을 수가 없었다.

등불로 사방을 살피던 페르시아 인은 땅바닥에서 밧줄 하나를 발견했다. 그는 허리를 굽혀 밧줄을 집어 들고는 잠시 동안 이리저리 살펴보았다. 그러더니 갑자기 소스라치게 놀라며 그것을 멀리 내던졌다.

"펀자브의 올가미!"

"네? 뭐라고요?"

"펀자브의 올가미요. 사람을 교살하는 밧줄이지요."

조제프 뷔케의 목에 걸려 있던 것과 같은 올가미일지도 몰랐다. 페르시아 인은 에릭이 밧줄을 다루는 데 명수라는 것을 잘 알고 있었다. 그의 표정에 새삼스레 불안감이 감돌았다.

페르시아 인은 작은 등불로 벽을 비춰 보았다. 흥미로운 광경이 눈앞에 펼쳐졌다. 마치 살아 꿈틀거리는 듯한 나무 한 그루가 벽을 타고 길게 뻗어 있었다. 그 때 벽을 더듬어 보던 라울이 소리쳤다.

"이 벽은 거울이에요!"

"맞아요, 거울입니다."

페르시아 인은 여전히 불안한 표정으로 주위를 둘러보다가 음울한 목소리로 속삭였다.

"우리는 고문실로 떨어졌어요!"

제 10 장

페르시아 인의 이야기

내가 이 비극적인 사건의 진실을 알아내기 위해 페르시아 인을 수소문해 찾아갔을 때, 그는 여전히 리볼리 거리에 살고 있었다. 그는 나에게 고문실에서 있었던 일을 기록한 문서를 포함해 몇 가지 자료를 건네주었다. 지금부터는 그가 기록한 내용을 간추려서 옮겨 놓은 것이다.

내가 호숫가의 집에 들어간 것은 그 때가 처음이었다. 나는 자주 '비밀 문의 연인'에게 그 은밀한 문을 열어 달라고 애원했다. 그러나 그는 언제나 내 부탁을 거절했다. 나는 호수에 있는 그 문의 조작 방법을 알아내려고 에릭의 행동을 눈여겨보았지만,

그 어떤 것도 밝혀낼 수 없었다. 그러기에는 지하가 너무 어두웠다.

어느 날 나는 아무도 모르게 호수에 작은 배를 띄우고 에릭이 사라지곤 했던 벽 쪽으로 다가갔다. 호수는 더할 나위 없이 잔잔했다. 그런데 아름다운 노랫소리가 호수의 수면에서 부드럽게 올라오더니 나를 감싸기 시작했다.

나는 그 노랫소리가 에릭이 새로 만들어 낸 함정이라고 생각했다. 그러나 노랫소리를 떨쳐 버리려고 아무리 애를 써도, 점점 더 그 유혹에 빠져 들었다. 나는 노랫소리에 더 가까이 다가가고 싶은 열망에 사로잡혔다. 그래서 노 젓는 것을 멈추고는, 배 바깥쪽으로 몸을 기댄 채 물위로 몸을 기울였다.

갑자기 물속에서 팔 두 개가 불쑥 올라와 내 목을 붙잡더니, 있는 힘을 다해 나를 잡아당기기 시작했다. 그 순간 내 목에서 비명이 터져 나오지 않았다면, 그리고 에릭이 그 소리를 듣고 나를 알아보지 못했다면 아마 나는 죽고 말았을 것이다. 물속의 괴물은 바로 에릭이었다. 에릭은 나를 안고 호숫가로 헤엄 쳐 나간 뒤 바닥에다 눕혀 놓았다.

그는 온몸에서 물을 뚝뚝 흘리며 말했다.

"이런 바보 같은 짓을 하다니! 왜 내 집에 들어오려고 한 거지? 누구도 내 집에 들어오는 걸 원치 않는다고 했잖아! 설사 당신이라고 하더라도 말이야. 내 인생을 방해하려고 내 목숨을 살려 준 건가?"

에릭은 심하게 화를 냈지만 나는 그가 어떤 기교를 부려서 그런 아름다운 소리를 만들어 낸 것인지, 오직 그것만이 궁금할 뿐이었다. 그는 기꺼이 내 호기심을 충족시켜 주었다. 자신의 발명품이 얼마나 신비스럽게 작동하는지 과시하는 것을 무엇보다 좋아했기 때문이다. 그는 정말 끔찍한 괴물이었지만, 때로는 허영심 많고 교만한 어린아이 같아 보였다.

에릭은 긴 갈대 피리를 흔들어 보이면서, 물속에서 노래를 부르며 숨을 쉬는 데는 그보다 더 좋은 것이 없다고 했다.

"정말 대단한 기교군! 에릭, 그 속임수로 사람들을 얼마나 죽였나? 자네가 나에게 한 약속을 기억하고 있겠지? 더 이상 사람을 죽이지 않겠다고 한 약속 말이네!"

에릭이 부드러운 목소리로 물었다.

"내가 살인을 저질렀던가?"

"마젠데란 궁전을 벌써 잊어버렸나? 물론 그건 먼 옛날 일이지……. 하지만 최근에 일어난 일들은 나에게 분명히 설명하는 게 좋을 거야. 내가 아니었다면 자네는 벌써 오래전에 죽었을 테니까. 에릭, 명심하게. 내가 자네의 목숨을 구해 주었다는 사실을! 자, 그 샹들리에 말이야……. 자네 짓인가?"

에릭은 낄낄거리면서 말했다.

"그 샹들리에는 너무 낡고 오래되어서 미리 손을 봤어야 했어! 그냥 떨어진 거라고. 친애하는 다로가(페르시아 어로 경찰 총지휘관이라는 뜻), 당신도 이제 옛날 같지 않군. 그만 가서 몸이나 말리시지. 다시는 내 배에 올라타지 마! 내 집에 들어올 생각도 하지 말고! 내가 항상 당신을 구해 줄 거라는 생각은 꿈에도 하지 말란 말이야.”

에릭은 호수의 어둠 속으로 자취를 감추었다.

나는 그날 이후로 호수를 건너서 그의 집으로 들어가겠다는 생각을 버렸다. 에릭이 오페라 극장에 살고 있다는 사실을 알고 난 뒤부터, 나는 모든 사람들이 걱정스러워졌다. 그러면서도 사람들이 “유령이다!” 하고 외칠 때마다 이런 생각을 했다.

‘그게 에릭이라 해도 나는 눈 하나 깜짝하지 않는다.’

나는 그 악마가 무슨 짓을 할 수 있을지 잘 알고 있었다. 그의 그 끔찍하고 추악한 얼굴이 그 안의 인간적인 면모를 모두 없애 버렸다. 언제인가부터 그는 인간에 대한 최소한의 도덕적인 의무도 가질 필요가 없다고 생각하는 듯했다.

에릭이 이제 자신은 누군가의 사랑을 받게 되었고, 그런 까닭으로 전혀 다른 사람이 되었노라고 말했을 때, 그 괴물이 무슨 짓을 저지를지 모른다는 두려움이 새삼스럽게 일었다.

어느 날 우연히 그 누군가가 크리스틴 다에라는 것을 알게 되었다. 나는 크리스틴의 분장실 옆방으로 숨어들었다. 그날 에릭은 크리스틴의 마음을 사로잡기 위해 노래를 부르고 있었다. 그에게는 천상의 노랫소리처럼 울려 퍼지는 환상적인 목소리가 있었다. 하지만 그것은 어디까지나 목소리에 불과했다. 그녀가 에릭을 사랑할 수 있었던 것은 그의 진짜 모습을 보지 못했기 때문이다. 그 사실을 알고 나자 비로소 그들의 사랑을 이해할 수 있었다.

나는 기회를 틈타 크리스틴의 분장실로 들어갔다. 그리고 거울이 달린 벽이 회전할 수 있도록 만든 기교를 찾아냈다. 에릭의 목소리는 바로 그 입구를 통해서 전해지고 있었다. 그는 그녀가 자신의 목소리를 쉬이 들을 수 있도록 속이 빈 벽돌로 벽을 쌓았다. 곧이어 그가 사는 지하로 직접 연결되는 비밀 문도 찾아냈다.

며칠 뒤, 나는 에릭이 크리스틴과 함께 있는 것을 발견했다. 그는 작은 우물 옆에 앉아 정신을 잃고 쓰러져 있는 크리스틴의 이마에 물을 적셔 주고 있었다. 내가 그 앞에 모습을 드러내자, 그의 두 눈에서 화르르 불꽃이 일더니 이내 나를 향해 주먹을 날렸다. 정말 무서운 순간이었다.

내가 정신을 차렸을 때, 그는 이미 사라지고 없었다. 나는 호숫가에 앉아 그가 나타나기를 기다렸다. 꼬박 하루 동안을 기다리자 마침내 그가 모습을 드러냈다.

"이런 행동은 화를 자초할 뿐이야. 다로가, 분명히 경고하는데 다시는 이곳에서 얼쩡거리다가 내 눈에 띄는 일이 없도록 해.

그 때는 달아날 틈도 없을걸! 당신의 경솔한 행동 때문에 내 비밀이 탄로 난다면 나도 가만히 있지 않겠어! 당신이라고 해도 가만두지 않아, 알겠어? 이미 그 때는 나도 어쩌지 못해. 많은 사람들이 비참해질 거야! 무슨 말인지 알아들었겠지?"

"나는 크리스틴 다에 양을 찾고 있을 뿐이야."

"그녀는 나를 사랑해. 내게는 사랑하는 여인에게 집을 구경시킬 권리도 없단 말인가?"

"그렇지 않아, 자네는 그녀를 납치한 거야."

에릭은 크리스틴이 자기를 사랑한다는 사실을 증명할 수 있다고 했다. 크리스틴은 자신을 사랑하기 때문에, 설령 그녀를 내보낸다 해도 다시 돌아올 것이라 확신했다. 그는 두 사람의 사랑이 결혼으로 열매 맺게 될 것이라고도 했다.

나는 정말로 그녀가 그렇게 한다면 더 이상 그를 귀찮게 하거나 미행하지 않겠다고 약속했다. 에릭은 자신만만하게 가면 무도회 날을 지켜보라고 말했다. 그리고 놀랍게도 모든 일이 에릭이 말한 대로 일어났다. 크리스틴은 여러 차례 에릭의 집을 떠났지만, 다시 그의 집으로 되돌아왔다.

나는 에릭과 크리스틴의 관계에 큰 흥미를 느꼈다. 크리스틴이 정말로 에릭을 사랑하고 있을지도 모른다는 생각이 들기도 했다. 그러나 그 생각은 늘 에릭에 대한 더 큰 의구심으로 끝이 났다. 만약 자신이 생각하는 것처럼 크리스틴의 사랑을 받고 있는 게 아니라는 사실을 알게 된다면, 그가 무슨 일을 저지를지 알 수 없었기 때문이다.

나는 조심스럽게 그들의 주위를 맴돌았고, 곧 그 괴물의 사랑에 담긴 진실을 알게 되었다. 에릭을 향한 크리스틴의 사랑은 바로 공포심이었다. 에릭이 그녀의 정신 세계를 차지하고 있었을지는 모르지만, 그 아가씨의 마음은 어디까지나 샤니 자작의 것이었다.

나는 크리스틴과 샤니 자작이 오페라 극장의 지붕에서 서로의 사랑을 확인하는 것을 지켜보았다. 그 때 나의 머릿속에는 무서운 생각이 떠올랐다. 누군가의 눈동자가 두 사람을 지켜보며 복수의 칼날을 갈고 있을 것이라는 확신이 들었던 것이다. 나는 만약의 상황이 닥쳤을 경우, 어떤 일이라도 저지를 수 있는 만반의 준비를 했다. 필요하다면 에릭을 죽일 생각이었다.

나는 에릭이 질투심을 이기지 못하고 집 밖으로 나가면, 그 기회를 틈타 집 안으로 들어갈 생각이었다. 나중을 위해 그 집의 구조를 꼼꼼히 살펴 둘 필요가 있었다. 그러나 기회는 좀처럼 오지 않았다.

그러던 어느 날, 나는 기다림에 지친 나머지 지하 삼층에서 에릭이 드나들곤 하던 돌문을 작동시켜 보았다. 벽에서 돌을 빼내자 문이 열리고 환상적인 음악 소리가 들려왔다. 에릭은 〈승리한 돈 후안〉을 연주하고 있었다. 그것은 에릭이 평생을 바쳐 완성하려고 했던 작품이었다. 나는 그의 모습을 조심스럽게 살펴보다가 살그머니 돌문을 닫고 밖으로 나왔다.

크리스틴이 공연 도중 홀연히 자취를 감춘 날, 나는 괜스레 아침부터 마음이 뒤숭숭했다. 크리스틴이 샤니 자작과 결혼할지도 모른다는 신문 기사를 읽은 터라, 곧 무슨 일이 일어날 것만 같아 걱정이 되었던 것이다.

저녁 늦게 오페라 극장에 도착했을 때, 아니나 다를까 크리스틴이 공연 도중 사라졌다는 소식을 들었다. 그녀는 에릭에게 납치된 것이 분명했다. 나는 사람들에게 그 사실을 알리고, 지금 당장 오페라 극장을 모두 떠나라고 말하고 싶었다. 하지만 그렇게 하지 못했다. 그랬다간 미친 사람 취급을 당할 것이 뻔했기 때문이다.

그 대신 에릭의 집을 찾아가 보기로 마음먹었다. 나는 절망에 빠져 있는 가련한 자작에게 함께 가자고 제의했다. 자작은 내 제안을 당장에 받아들였다. 그는 나를 전적으로 신뢰했고, 그런 태도가 나에게 깊은 감동을 주었다.

나는 하인을 시켜 권총 두 자루를 가져오게 했다. 그곳은 에릭의 집인 데다, 그가 올가미의 명수라는 사실을 잘 알고 있었기에 두려움이 자못 컸다. 그 때는 젊은 자작에게 에릭이 얼마나 무서운 존재인지 설명할 만한 여유가 없었다. 어쩌면 모르고 있는 편이 더 좋을지도 몰랐다.

이 세상에 에릭보다 올가미를 더 잘 던지는 사람은 없었다. 그는 페르시아의 마젠데란 궁전에서 올가미를 던지는 기묘한 재주로 군주의 젊은 왕비를 즐겁게 해 주었다. 올가미 던지는 법을 인도에서 익힌 것이라 해서, 에릭의 올가미를 '펀자브의 올가미'라 일컫곤 했다. 그의 올가미는 순식간에 목표물로 날아가서 단 한 번에 죽음으로 몰고 갔다.

내가 자작에게 권총을 얼굴 앞쪽으로 높이 들고 있으라고 말한 것은 바로 그 때문이었다. 사실 권총 자체는 올가미 앞에서 별 도움이 되지 않았다. 하지만 목 앞에 두 팔을 쳐들고 있으면 올가미를 던지기가 아주 힘들 뿐 아니라, 어쩌다 올가미에 걸리더라도 손까지 같이 묶이게 되어 쉽게 빠져 나올 수 있기 때문이었다.

자작과 나는 지하 삼층에 도착했다. 무대 배경과 세트 사이의 비밀 문을 작동시켜, 마침내 에릭이 오페라 극장의 지하에 지어 놓은 집 안으로 뛰어들었다.

그가 그런 집을 짓는 것은 식은 죽 먹기나 다름없었다. 에릭은 오페라 극장을 설계한 건축가 필리프 가르니에 밑에서 일했다. 전쟁과 파리 코뮌 등으로 오페라 극장의 건축이 중단되었을 때에도 그는 혼자서 묵묵히 그 일을 계속했다. 그러니 오페라 극장의 지하에 자신의 은신처를 마련하는 일쯤은 조금도 어려운 일이 아니었을 것이다.

나는 마젠데란의 궁전이 어떤 곳이었는지 잘 기억하고 있었기에, 그 집의 구조가 어떠할지도 쉽게 짐작이 갔다. 그는 비밀 문만으로도 온갖 종류의 불행한 일을 끝없이 만들어 냈다. 뿐만 아니라 도저히 믿기 어려운 발명품들을 수없이 고안해 냈다. 그 중에서도 가장 흥미롭고 끔찍한 발명품이 바로 고문실이었다.

페르시아의 왕비는 에릭의 고문실에서 죄 없는 사람들이 죽어 가는 것을 보며 즐거워했다. 고문실에 갇힌 사람들은 고통을 견디다 못해 스스로 펀자브의 올가미에 목을 걸어 목숨을 끊었다. 그것이 그곳에서 누릴 수 있는 유일한 자유였다.

샤니 자작과 내가 뛰어내린 방은 에릭의 이전 고문실과 하나도 다르지 않았다. 그 사실이 나를 두려움에 떨게 했다. 그리고 우리의 발밑에는 내가 그토록 걱정했던 올가미가 놓여 있었다.

아마도 불쌍한 뷔케는 그 올가미에 목숨을 잃었을 것이다. 그 역시 에릭이 지하 삼층에서 돌을 움직이는 것을 보았을 것이고, 아마 나처럼 직접 문을 조작해 보다가 고문실에 떨어졌을 것이다. 그리고 결국은 펀자브의 올가미에……. 머릿속에 뷔케의 시체를 무대 배경까지 질질 끌고 가는 에릭의 모습이 그려졌다.

나는 겁쟁이는 아니었지만, 올가미를 보자 속이 울렁거렸다. 샤니 자작이 심상치 않은 기색을 눈치 채고, 나에게 일이 잘못된 것이냐고 물었다. 나는 손가락을 입술에 대고 조용히 하라는 신호를 보냈다.

우리는 육각형 모양으로 생긴 방 안에 있었다. 여섯 개의 벽면은 온통 거울이었다. 한쪽 구석에는 쇠로 만든 나무가 서 있었다. 사람을 목매달기 위해 만들어 놓은 나무였다.

갑자기 옆방에서 무슨 소리가 들려왔다. 문을 열고 닫는 소리 같았다. 그와 동시에, 우리는 크리스틴에게 말을 하는 에릭의 목소리를 들을 수 있었다.

"선택을 하시오! 결혼 행진곡이오, 아니면 장송곡이오?"

이윽고 크리스틴이 절망에 찬 신음 소리를 냈다.

에릭은 우리가 집 안으로 들어왔다는 사실을 모르는 것이 분명했다. 만약 알았다면 즉시 고문을 시작했을 터였다. 나는 샤니 자작이 크리스틴에게 달려가고 싶은 마음에 자제력을 잃고 경솔한 행동을 할까 봐 걱정이 되었다. 그래서 경고의 의미로 그의 팔을 꽉 움켜잡았다.

에릭이 다시 입을 열었다.

"지금 막 〈승리한 돈 후안〉을 끝냈소. 이제 나는 보통 사람처럼 살고 싶소. 다른 사람들처럼 아내를 얻고 싶다는 말이오……. 내 얼굴을 보통 사람처럼 보이게 하는 가면도 만들었소. 그러니 사람들이 길거리에서 나를 보고 고개를 돌리는 일은 없을 거요. 당신은 이 세상에서 가장 행복한 여자가 될 수 있어.

당신, 지금 울고 있군! 나를 두려워하고 있어! 크리스틴, 정말이지 나는 잔인한 사람이 아니오. 나를 사랑해 주면 알게 될 거요. 만약, 만약 당신이 나를 사랑해 준다면 나는 양처럼 온순해질 거란 말이오……. 나와 함께 있으면 당신이 원하는 것은 뭐든지 얻을 수 있을 거요!"

고백이 끝나자, 곧 절망에 가득 찬 울음소리가 들려왔다. 그보다 더 비탄에 빠진 울부짖음은 일찍이 들어 본 적이 없었다. 우리는 그 소리가 에릭의 것임을 깨달았다. 크리스틴은 겁에 질려 소리를 지를 힘도 없는 듯했다.

마침내 에릭이 소리를 질렀다.

"나를 사랑하지 않는군! 당신은 나를 사랑하지 않아! 날 사랑하지 않아!"

그리고 침묵이 이어졌다. 바로 그 때 벨 소리가 요란하게 울려퍼지면서 침묵을 깼다. 에릭이 투덜거리며 벌떡 일어서더니 방을 가로질러 나갔다. 곧이어 문이 닫히는 소리가 들렸다. 크리스틴이 방 안에 혼자 남아 있다는 것을 눈치 채자, 자작은 크리스틴의 이름을 애타게 부르기 시작했다.

"크리스틴! 크리스틴!"

그러자 그녀의 목소리가 희미하게 들려왔다.

"내가 꿈을 꾸는 걸까?"

"크리스틴! 나요, 라울이요! 오, 크리스틴! 무사한가요?"

"라울, 라울! 당신인가요?"

"그래요! 바로 당신의 라울이에요. 당신을 구하러 왔어요. 크리스틴, 침착해요! 그리고 혹시 그가 돌아오는 소리가 들리면 즉시 알려 줘요."

그녀는 자작이 온 것을 에릭이 알게 될까 봐 두려움에 떨었다. 하지만 곧 정신을 차리고는 침착하게 몇 가지 사실을 알려 주었다. 지금 에릭은 사랑 때문에 거의 미쳐 있는 상태라고 말했다. 만약 크리스틴이 끝내 자신과 결혼해 주지 않는다면, 이 세상 사람들을 모두 땅에 묻어 버리겠다고 말했다는 것이다. 나는 그 말에 담긴 의미를 짐작하고 나도 모르게 몸서리를 쳤다.

에릭은 그녀에게 다음 날 밤 열한 시까지 생각할 시간을 준 상태였다. 크리스틴은 결혼 행진곡과 장송곡 중에서 하나를 선택해야 했다.

나는 그녀에게 에릭이 어디로 갔느냐고 물었다.

"집 밖으로 나간 것 같아요. 그런데 두 분은 지금 어디에 계신가요?"

"크리스틴 양이 있는 곳 바로 옆방이오. 혹시 문이 보이시오?"

"이 방에는 문이 두 개가 있는데, 에릭은 그 중 하나를 통해서만 드나들어요. 다른 문은 절대 열지 말라고 했어요. 아주 끔찍한 고문실로 통하는 문이라고요."

"우리가 그곳에 있어요. 문을 열 수 있나요?"

내가 그렇게 물은 것은 우리가 갇힌 고문실에서 그녀가 있는 방으로 통하는 문이 어떤 것인지 알 수가 없었기 때문이다. 그러나 그녀는 의자에 묶여 있어서 몸을 움직일 수가 없었다. 그녀가 자살을 시도하자, 에릭이 꽁꽁 묶어 놓은 것이었다. 크리스틴은 그 때 마룻바닥에 몇 번이나 머리를 찧어서 피투성이가 되었다고 했다. 그 이야기를 듣고 자작이 안타까워 흐느끼기 시작했다. 크리스틴은 힘이 빠진 목소리로 말했다.

"내가 거기까지 기어갈 수만 있다면……. 하지만 열쇠가 어디에 있는지는 알아요."

"어디에 있습니까?"

"에릭의 작은 가죽 가방 안에 들어 있어요. 그는 그 가방을 '삶과 죽음의 가방'이라고 부르더군요."

나는 크리스틴에게 강한 어조로 말했다.

"크리스틴 양, 그 자에게 풀어 달라고 부탁해 봐요. 밧줄 때문에 손목이 너무 아프다고 말해요. 그 자는 당신을 사랑하고 있다는 사실을 명심해요. 우리 모두의 목숨이 걸린 일이오."

크리스틴이 갑자기 다급하게 외쳤다.

"쉿! 아! 에릭, 에릭이에요! 지금 돌아오고 있어요!"

무거운 발소리가 들리더니 문이 열렸다 닫히는 소리가 났다. 에릭이 돌아온 것이었다. 모르긴 해도 아까 들렸던 벨 소리는 호숫가에 누군가가 나타났음을 알리는 소리였던 듯했다. 그는 그 누군가를 처치하고 돌아오는 길일 터였다. 하마터면 내가 죽을 뻔했던 것처럼.

크리스틴은 에릭에게 손목을 묶은 밧줄을 풀어 달라고 부탁했다.

"에릭, 손목이 너무 아파요. 밧줄 좀 풀어 주세요. 당신은 어차피 내일 밤 열한 시까지 제게 시간을 주셨잖아요."

에릭은 다시는 자살을 시도하지 말라고 경고하면서 밧줄을 풀어 주었다. 그런 다음 오르간 앞에 앉아 느리고 슬픈 장송곡을 연주하며 노래를 부르기 시작했다. 문득 무서운 생각이 머리를 스치고 지나갔다. 저 노래는 방금 자신이 처치한 어느 불쌍한 사람을 위한 장송곡일 것이었다. 어떤 이가 지금 이 시간에 호숫가를 어슬렁거리고 있었을까…….

갑자기 에릭이 노래를 멈추더니 얼음처럼 차가운 목소리로 물었다.

"크리스틴, 지금 내 가방으로 무엇을 하려는 거요? 그렇군, 내 가방을 손에 넣으려고 풀어 달라고 한 거였어!"

에릭이 노래를 부르는 동안, 크리스틴이 그 가방을 손에 넣은 모양이었다. 분노에 찬 목소리가 이어지더니, 급하게 달려가는 발소리와 그 뒤를 따르는 무거운 발소리가 들려왔다.

"에릭, 우리가 앞으로 함께할 거라면, 이것을 제가 가진다 해도 크게 문제될 것 없잖아요."

"그건 그저 열쇠일 뿐이오. 자, 이리 주시오. 대체 그걸로 뭘 하겠다는 거요?"

"저 방을 보고 싶은 것뿐이에요. 그저 어리석은 호기심 같은 거죠."

크리스틴의 변명은 우리가 듣기에도 너무나 궁색했다. 갑자기 크리스틴이 고통스럽게 비명을 지르는 소리가 들렸다. 에릭이 강제로 가방을 빼앗은 것 같았다. 그 소리를 듣고 자작은 자신도 모르게 분노, 아니 고통의 비명을 내지르고 말았다.

그 끔찍한 괴물이 물었다.

"이게 무슨 소리지? 크리스틴, 당신도 들었겠지?"

불쌍한 아가씨가 다급하게 대답했다.

"아니요, 무슨 소리요? 아무 소리도 듣지 못했어요."

"비명 소리를 들은 것 같은데."

"비명 소리라고요? 에릭, 지금 미쳐 가고 있는 것 아니에요? 여기 당신하고 나 말고 누가 있다고요! 당신이 아프게 했기 때문에 내가 지른 비명이에요! 난 아무 소리도 듣지 못했어요."

"당신의 태도를 보니 그게 아니야! 당신, 지금 벌벌 떨고 있군. 왜 그러시오? 당신이 거짓말을 하고 있기 때문이지! 분명히 비명 소리가 들렸어! 고문실에 누군가가 있단 말이야! 이제야 알겠군!"

"에릭, 그곳엔 아무도 없어요!"

"어쩌면 당신이 결혼하고 싶어 하는 그 사람일지도 모르지!"

"저는 누구하고도 결혼하고 싶지 않아요! 그건 당신도 잘 알고 있잖아요!"

"좋아요, 크리스틴. 그걸 알아내는 게 어려운 일은 아니지. 만약 고문실에 누군가가 있다면, 천장 근처에 있는 유리창을 통해서 확실히 볼 수 있을 거요. 창문에 드리워진 검은 커튼을 거두고 이 방의 불을 *끄*기만 하면 말이오."

"그만둬요! 어둠은 싫어요. 당신은 항상 저를 두려움에 떨게 만드는군요. 저 방에 뭐가 있는지 보고 싶지 않아요! 제발 그만두세요!"

그 일이 시작된 것은 바로 그 때였다. 내가 가장 염려하던 바로 그 일 말이다. 우리는 갑자기 밝은 빛의 세례를 받았다. 우리를 둘러싼 사방의 벽들이 강렬한 빛을 발하기 시작했다.

화가 난 에릭이 소리를 질렀다.

"봐요! 누가 있다고 하지 않았소! 저기 저 창문이 보이오? 저기 저 위에 불이 켜진 창문 말이오. 이제 저 사다리를 타고 올라가 창문 너머로 고문실 안을 직접 들여다보시지!"

"고문이라니요? 에릭, 누가 고문을 당하고 있나요? 나를 사랑한다면 제발 말해 줘요!"

그 때 샤니 자작이 그녀의 떨리는 목소리를 들었는지 못 들었는지는 알 수가 없다. 그의 관심은 온통 눈앞에 펼쳐진 믿기 어려운 빛 무더기에 쏠려 있었기 때문이다. 나는 마젠데란 궁전에 있는 고문실의 작은 창문을 통해서 이런 광경을 너무나 자주 보았기 때문에 옆방에서 들려오는 말소리에 정신을 집중할 수 있었다.

　에릭은 크리스틴을 억지로 끌고 가서 사다리로 올라가게 했다.바로 그 순간, 우리의 머리 위에서 그녀의 말소리가 들려왔다.

　"아무도 없어요!"

　"아무도 없다? 그렇군. 그런데 왜 그렇게 얼굴이 창백한 거요? 안에 아무도 없어서 그러는 거요? 자, 어서 내려와요."

　"에릭, 왜 저 방을 고문실이라고 부르는 거지요?"

　"창문으로 무엇을 보았소?"

　"숲이 보였어요. 하지만 방에는 아무도 없어요. 오직 나무밖에 없더군요."

　"그럼 나뭇가지도 보았겠군."

　"그 가지들은 뭔가요?"

　"그건 교수대요. 알겠소? 그 가지들 때문에 그 방을 고문실이라고 부르는 거지. 아니, 내 말은 귀에 담아 두지 마시오. 크리스틴, 내 사랑! 난 이제 이 모든 것이 지긋지긋해요. 숲이며 나무들 모두가 속임수라고! 내 집에 숲과 고문실을 두는 것도 싫증이나. 나는 이제 보통 사람처럼 살고 싶소. 평범한 문이 달린 조용하고 아담한 집에서 아내가 나를 기다리고 있기를 바라오. 아내를 갖고 싶단 말이오!

사랑하는 크리스틴! 듣고 있소? 나를 사랑한다고 말해 줘! 아니, 아니지. 당신은 나를 사랑하지 않지. 하지만 앞으로 나를 사랑하게 될 거요! 나에게 익숙해질 테니까. 당신은 나와 함께 행복한 시간을 보내게 될 거란 말이오! 정말 재미있을 거야. 나는 누구보다도 뛰어난 복화술사(입을 움직이지 않고 말하는 기술을 가진 사람을 말한다.)이기도 하니까. 이 세상 최고의 복화술사지! 당신, 지금 웃고 있군……. 내 말을 믿지 않는 모양이지? 자, 들어 봐요."

실제로 에릭은 이 세상 최고의 복화술사였다. 그 괴물은 가련한 아가씨의 관심을 고문실에서 돌려 보려고 애를 썼다. 그러나 그녀는 오직 고문실 안에 있는 우리 생각뿐이었다. 그녀는 최대한 다정한 말투로 몇 번이고 에릭에게 간청했다.

"에릭, 창문의 불을 꺼 줘요."

크리스틴은 이 불빛이 얼마나 끔찍한 상황을 암시하는지를 알고 있었던 것이다. 그나마 창문의 불빛을 통해 우리가 안전하게 살아 있는 모습을 눈으로 확인하고는 어느 정도 마음의 안정을 얻는 듯했다. 이제 불만 끄면 마음을 더 놓을 수 있을 터였다.

---◆◆◆◆◆---

제 11 장

전갈이냐 메뚜기냐

---◆◆◆◆◆---

"크리스틴, 내 사랑! 내 입술을 봐요. 내 입술은 움직이지 않지만 당신은 내 목소리를 들을 수 있소."

에릭이 복화술을 시작했다.

"저 선반에 있는 상자 두 개가 보이오? 내 목소리는 오른쪽에 있는 작은 상자 안에 들어 있소. 지금 뭐라고 말하는지 들리오? '전갈을 돌릴까요?' 왼쪽의 작은 상자에서는 뭐라고 말하고 있소? '메뚜기를 돌릴까요?' 지금 내 목소리는 조그만 가죽 가방 안에 들어 있소. 지금 뭐라고 말하고 있지? '나는 삶과 죽음의 가방이다!'

자, 지금은 카를로타의 목소리로 말하고 있소! '꽤-액!' 이제 내 목소리는 5번 박스석의 의자 위에 있소. 뭐라고 말하는지 들리오? '카를로타의 노랫소리에 샹들리에가 떨어지겠군!'

지금 에릭의 목소리는 어디 있는 것 같소? 크리스틴, 들어 봐요. 그 목소리는 고문실에 있소. 고문실에 지금 내가 있단 말이오! 내가 지금 뭐라고 말하고 있지? '당신들에게 코가 있다면, 진짜 코가 있다면 조심해라! 고문실을 엿본 자들에게 재앙이 내릴 것이다!' 하하하!"

아, 복화술사의 끔찍한 목소리! 그 목소리는 그야말로 도처에 있었다. 사방 어디에서나 울려 퍼졌다. 에릭은 옆방에 있으면서 동시에 우리에게 말을 걸고 있었다! 우리는 에릭에게 덤벼들 듯 목소리를 잡으려고 애를 썼다. 그러나 그의 목소리는 바람처럼 벽 속으로 사라졌다. 이제 아무 소리도 들리지 않았다.

크리스틴이 말했다.

"에릭, 에릭! 그만둬요! 이제 신물이 나요. 에릭, 그런데 이곳이 너무 덥지 않은가요?"

에릭의 목소리가 대답했다.

"아, 그렇군. 참을 수 없이 덥군그래."

"왜 그런 거죠? 벽이 점점 뜨거워지고 있어요! 벽이 빨갛게 달아올랐어요!"

"크리스틴, 그건 옆방에 있는 나무들 때문이오. 저 방의 나무들이 아프리카의 밀림과 비슷하다는 걸 느끼지 못했소?"

그 악마가 너무 끔찍한 소리로 크게 웃어 대는 바람에 우리는 크리스틴의 비명 소리를 알아들을 수 없었다. 샤니 자작은 정신이 나간 사람처럼 소리를 지르고 벽을 두드려 댔다. 내 힘으로는 도저히 그의 행동을 막을 수가 없었다.

얼마 후 무언가가 마룻바닥에 넘어지는 듯한 소리가 들리더니, 뒤이어 그것을 질질 끌고 가는 소리가 들렸다. 이윽고 쾅! 하고 문이 닫히고 이내 사방이 고요해졌다. 무거운 정적만이 우리를 짓누르고 있었다. 열대의 숲이 조용히 달아오르는 소리를 제외하고, 우리 주위에서는 더 이상 아무 소리도 들리지 않았다.

우리가 갇힌 방은 박람회장 같은 데서 흔히 볼 수 있는 것으로, 언뜻 봐서는 그리 특별하게 여겨지지 않았다. 그러나 그것은 에릭이 최초로 고안한 발명품이었다. 페르시아의 마젠데란 궁전에서 에릭이 처음으로 거울로 둘러싸인 방을 만드는 걸 내 눈으로 직접 목격했다.

그가 만든 방의 한쪽에 기둥 같은 것을 세워 두면 사방을 둘러싸고 있는 거울들 때문에 곧 수천 개의 기둥이 생겼다. 거울 하나에 비친 영상이 다른 거울에 비치고, 그 영상들이 또다시 다른 거울에 비치기 때문에 무수히 많은 영상이 생기게 되는 것이었다.

그러나 페르시아의 왕비는 그 방에 금방 싫증을 느꼈다. 그러자 에릭은 자신의 발명품을 고문실로 바꿔 버렸다. 한 귀퉁이에 쇠로 만든 나무를 세우고, 그럴듯하게 색칠한 나뭇잎까지 매달아 놓았다. 그 기묘한 방에는 단단하게 만들어진 쇠 나무 외에는 아무것도 없었다.

고문실에 갇힌 사람이 아무리 공격을 해도 쇠로 만들어진 나무는 파괴할 수 없었다. 더군다나 그 나무가 수많은 거울에 반사되기 때문에 마치 밀림에 들어와 있는 듯한 느낌을 주었다. 천장에는 놀랄 만한 난방 장치를 달아, 그곳에 갇힌 사람이 작열하는 태양 아래의 열대 숲에 있다는 인상을 받기에 충분하도록 했다.

사방에서 숲이 우리를 둘러싸고 환한 빛살이 쏟아지자, 자작은 두려움에 떨기 시작했다. 두 손으로 이마를 비벼 대며, 악몽을 떨쳐 내려는 듯 눈을 감았다 떴다 했다. 그러나 숲은 사라지지 않았다. 그는 공포에 휩싸여, 크리스틴의 목소리조차 듣지 못하는 것 같았다.

나는 정신을 차리고 옆방에서 들려오는 말소리에 귀를 기울였다. 그러다 뭔가를 발견했다. 거울 여기저기에 긁힌 자국이 나 있었던 것이다. 그 자국은 고문실이 이전에 이미 사용된 적이 있음을 알려 주고 있었다. 누군가가 미칠 듯한 분노에 사로잡혀 거울을 발길로 걷어찬 것이 틀림없었다. 그는 나뭇가지에 목을 매달아 자신의 고통에 종지부를 찍기 전에, 수많은 사람들이 자신과 함께 고통받는 모습을 보며 위안을 삼았을 것이다.

그렇다, 뷔케는 틀림없이 그런 일을 모두 겪었을 것이다! 우리도 그처럼 죽어야 하는가? 나는 그렇게 생각하지 않았다. 우리한테 주어진 시간은 얼마 없었지만, 나는 뷔케와 달리 에릭의 속임수를 거의 다 알고 있었다. 내가 알고 있는 모든 지식을 동원하여 그 상황을 벗어나야만 했다.

들어올 때 이용했던 통로는 너무 높은 곳에 있었다. 그래서 왔던 길로 돌아가는 방법은 아예 포기를 했다. 빠져 나갈 길은 오직 하나였다. 에릭과 크리스틴이 있는 방! 그러나 그 문은 그들이 있는 쪽에서는 분명하게 볼 수 있어도 고문실 안에서는 전혀 보이지 않았다.

더구나 크리스틴이 문을 열어 주리라는 희망은 완전히 사라지고 말았다. 에릭이 크리스틴을 끌고 나가는 소리를 들었기 때문이다. 이제 나는 어디에 있는지도 모르는 문을 열어야 했다.

우선 샤니 자작을 진정시키는 일이 급선무였다. 그는 벌써 제정신이 아닌 듯 뜻 모를 말을 중얼거리며 방 안을 이리저리 돌아다니고 있었다. 크리스틴에 대한 걱정과 마법의 숲, 그리고 점점 뜨거워지는 열기가 그에게 심각한 영향을 끼치고 있었다. 그것이 바로 에릭이 의도한 효과였다.

나는 그가 정신을 차리도록 하기 위해 거울과 쇠 나무를 손으로 직접 만져 보게 했다. 그러고는 지금 무슨 일이 일어나고 있는지를 알아듣기 쉽게 설명해 주면서, 다른 사람들처럼 이런 속임수에 희생되어서는 안 된다고 타일렀다.

나는 그에게 한 시간 안에 문을 찾아내겠다고 약속했다. 그러기 위해선 무엇보다 자작이 나를 도와주어야 했다. 내가 샤니 자작에게 소리를 지르고 방 안을 서성거리면 안 된다고 하자, 그는 마치 숲에 눕듯이 마룻바닥에 드러누워 버렸다. 그것밖에는 달리 할 일이 없기도 했다.

나는 거울 벽에 손가락을 갖다 대고 조심스레 문의 회전 장치를 찾았다. 단 한 순간도 낭비하지 않으려고 노력했지만, 열기 때문에 점점 기운이 빠지고 있었다. 최대한 정신을 집중하고 완두콩보다도 작을지 모를 회전 장치의 버튼을 찾으려 애썼다.

그렇게 삼십 분쯤 지났을까? 자작이 기운이 다 빠진 목소리로 중얼거렸다.

"금방 찾을 수 있을 것 같소? 사방에서 열기가 뿜어져 나오고 있어요. 이대로 가다가는 산 채로 익어 버릴 거요!"

그 말을 들으니, 자작의 이성이 아직은 고문을 이겨 내고 있는 것 같았다. 나는 그에게 아무런 말도 하지 못했다.

자작이 또다시 외쳤다.

"그 괴물이 내일까지 크리스틴을 살려 둔다고 해도 무슨 소용이 있겠소? 나는 이곳에 갇혀서 나갈 수도 없는데. 이러다가는 내가 크리스틴보다 먼저 죽을지도 모르겠어. 에릭이 우리를 위해서 장송곡을 연주하겠군!"

　나는 자작처럼 순순히 죽음을 받아들일 수 없었다. 계속해서 거울을 더듬어 보았지만 지쳐 가기만 할 뿐이었다. 시간은 계속 흘러, 어느덧 열대의 숲에 밤이 찾아왔다. 그러나 열기는 더욱더 달아올랐다.

　그러더니 갑자기 우리 앞에 넓디넓은 사막이 펼쳐졌다. 밀림을 벗어나 이번에는 광활한 사막이라니! 결국 나 역시 완전히 지쳐 버려 자작 옆에 쓰러지고 말았다. 더 이상 아무것도 할 수가 없었다. 우리는 둘 다 심한 갈증을 느꼈다. 그리고 공포심이 점점 커져 갔다. 게다가 들짐승에 대한 두려움까지 밀려들기 시작했다.

　에릭은 사자를 비롯한 맹수들의 소리도 쉽게 흉내 낼 수 있었다. 그 모든 것이 에릭의 수작에 불과하다는 것을 알고 있어도 두려움을 떨쳐 내는 데 크게 도움이 되지는 않았다. 그런데 문득, 에릭이 옆방에서 이런 장난을 즐기고 있을 거라는 생각이 들었다. 나는 그와 협상을 벌일 요량으로 크게 소리쳐 불렀다.

　"에릭! 에릭!"

　그러나 아무런 대답이 없었다. 우리를 둘러싸고 있는 것은 끝없는 사막과 무거운 침묵뿐이었다. 우리는 열기와 배고픔, 그리고 갈증 때문에 죽어 가고 있었다.

　그 때 갑자기 자작이 자리에서 힘겹게 일어나더니 한 지점을 손가락으로 가리키며 소리쳤다.

"물이다!"

손가락이 가리키는 곳을 바라보니, 수정같이 맑은 물 위에 쇠 나무의 모습이 비쳤다. 나는 정신을 잃지 않으려고 최대한 노력했다. 그것이 에릭의 속임수라는 것을 알기 때문에 희망을 갖지 않으려고 애를 썼다. 물이 있다는 환상을 품은 이상, 물을 마시기 위해 필사적으로 거울에 달려들지도 모르기 때문이었다. 그렇게 되면 할 수 있는 일이란 한 가지밖에 없었다. 쇠 나무의 가지에 목을 매는 일이었다.

나는 자작에게 모든 것이 환상이라는 것을 일깨우려 했지만 그는 더 이상 내 말을 믿지 않았다. 저 앞에 보이는 것이 물이 아니라니, 내가 거짓말을 하고 있거나 미쳐 버렸다는 것이었다. 그는 그쪽으로 몸을 질질 끌고 가면서 소리를 질러 댔다.

"물! 물!"

그러고는 마치 물을 받아 마시려는 것처럼 입을 활짝 벌렸다. 어느새 내 입도 벌어져 있었다. 우리는 경쾌하게 흐르는 물소리를 듣기까지 했다. 이윽고 비가 내리는 소리까지 들려왔다. 그러나 비는 한 방울도 내리지 않았다. 그것은 고문 중에서도 가장 무자비한 고문이었다. 에릭은 작은 조약돌을 상자 안에 떨어뜨려 비가 내리는 소리를 냈던 것이다.

혀를 내밀고 물을 향해 기어가는 우리의 모습은 처절하기 그지 없었다. 거울 앞에 이르자 자작은 거울에 혀를 갖다 대고 열심히 핥았다. 나 역시 거울을 핥고 있었다. 그러나 거울은 달군 쇠처럼 뜨거웠다!

우리는 절망과 고통의 비명을 내지르며 바닥을 뒹굴었다. 더이상 참을 수가 없었다. 샤니 자작은 권총을 들어 자신의 머리에 겨누었고, 나는 쇠 나무 밑에 놓여 있는 펀자브의 올가미를 쳐다보았다. 쇠 나무는 나를 기다리고 있었다!

그 때 내 눈에 뭔가가 들어왔다. 나는 쏜살같이 자작의 팔을 붙잡고 권총을 빼앗았다. 그런 다음 방금 본 물건 쪽으로 지친 몸을 이끌고 다가갔다. 올가미가 놓인 바닥 근처에 검은 못 하나가 튀어나와 있었다. 회전 장치였다! 나는 희열이 넘치는 얼굴로 샤니 자작을 바라보았다.

못을 누르니 마침내 문이 열리는 소리가 들렸다. 그러나 생각했던 것과 달리 벽이 열리는 것이 아니라, 바닥이 갈라지면서 구멍이 하나 나타났다. 시원한 바람이 검은 구멍의 아래쪽에서 불어왔다. 나는 구멍에 팔을 집어넣고 더듬거려 보았다. 에릭의 또 다른 속임수가 아닐까 염려되었기 때문이다. 몸을 숙여 아래를 내려다보니 지하실로 통하는 계단이 있었다.

우리는 계단을 타고 내려가, 곧 지하실 바닥에 이르렀다. 어둠이 눈에 익자 둥근 모양의 무언가가 보였다. 나무통이었다. 그곳은 에릭의 지하실이었던 것이다. 그곳에 포도주와 물을 저장해

두는 모양이었다. 나는 에릭이 고급 포도주를 좋아한다는 사실을 잘 알고 있었다.

샤니 자작은 그것을 물통이라고 생각하고 흥분해서 외쳤다.

"물통이다, 물통이야! 이렇게 많다니!"

수많은 나무통들이 지하실 양쪽을 가득 채우고 있었다. 그것은 하나같이 굳게 닫혀 있었다. 나는 작은 통 하나를 골라 주머니칼로 뚜껑을 열기 시작했다.

"이게 뭐지? 물이 아니잖아!"

자작이 통에 담긴 것을 보고는 놀라서 소리쳤다.

우리가 둥근 나무통에서 발견한 것은 물도, 포도주도 아니었다. 그것은 너무나도 끔찍한 것이었다! 나는 소스라치게 놀라 손에 들고 있던 등불을 떨어뜨렸다. 그 바람에 등불이 산산조각이 났다. 통에 담긴 것은 바로 화약이었던 것이다!

그제야 나는 그 악마가 크리스틴에게 "답을 해 줘요! 만약 당신이 아니라고 대답한다면 이 세상 사람들이 모두 땅에 묻히게 될 것이오!"라고 했던 말의 의미를 이해할 수 있었다. 에릭이 크리스틴에게 밤 열한 시까지 시간을 준 것도 치밀하게 계산된 것이었다. 그 시간이면 수많은 사람들이 오페라 극장으로 몰려들 터였다.

내일 밤 열한 시!

크리스틴이 그의 청혼을 거부한다면…… 공연이 한창일 때 끔찍한 폭발이 일어날 것이다. 크리스틴과 샤니 자작뿐만 아니라 오페라 극장에 있는 사람들이 모두 공중으로 날아가 버릴지도 모르는 일이었다.

크리스틴은 그렇게 많은 사람들의 목숨이 자신의 대답에 달려 있다는 사실을 까맣게 모르고 있었다. 만약 알고 있다면 어떻게 그의 청혼을 거절할 수 있단 말인가?

그런데 지금이 도대체 몇 시일까? 고문실에서 얼마나 많은 시간을 보냈는지 알 수가 없었다. 너무 캄캄해서 손목시계를 들여다봐도 아무것도 보이지 않았다. 혹시 지금이 바로 '내일 밤 열한 시'가 아닐까?

우리는 계단 위로 기어 올라가, 이제는 지하실처럼 캄캄해진 고문실로 다시 들어갔다. 겁에 질린 나머지 고문실 바닥을 기어 다니며 어쩔 줄을 몰라 했다. 지금이 몇 시일까? 우리는 두려움을 이기지 못하고 소리를 질러 댔다. 샤니 자작은 크리스틴을, 나는 에릭을 목청껏 불렀다. 그러나 아무런 대답도 들리지 않았다. 그저 절망에 가득 찬 우리의 외침만이 울려 퍼질 뿐이었다.

시간을 알아야 했다. 샤니 자작이 손목시계의 유리를 깨뜨려 시침과 분침을 더듬었다. 두 바늘이 벌어진 각도로 판단해 보건대, 열한 시쯤 된 듯했다! 그런데 어느 쪽의 열한 시란 말인가? 아침 열한 시란 말인가, 아니면 밤 열한 시란 말인가? 그리고 오늘이 바로 그날인가?

갑자기 옆방에서 발소리가 들렸다. 누군가가 벽을 두드렸다.

"라울! 라울!"

크리스틴의 목소리였다. 우리는 벽에다 대고 대답했다. 크리스틴은 자작이 죽었을지도 모른다고 생각하다가 막상 그의 목소리를 듣자, 기쁨을 주체하지 못해 흐느끼기 시작했다.

샤니 자작이 그녀에게 물었다.

"크리스틴, 지금 몇 시지요? 빨리 가르쳐 줘요, 크리스틴!"

그녀가 대답했다.

"열한 시예요. 열한 시가 거의 다 되어 가요."

"도대체 어떤 열한 시란 말이오?"

"결정을 해야 할 바로 그 시간이에요. 에릭이 생각할 시간을 주었어요. 저에게는 단 오 분의 시간밖에 없어요. 그 사람은 완전히 미쳐 버린 것 같아요. 그가 방을 나가기 전에 열쇠를 하나 주었어요. 선반에 있는 작은 상자를 열 수 있는 열쇠라고 하더군요. 상자 하나에는 전갈이 들어 있고, 다른 상자에는 메뚜기가 들어 있다고요.

만약 제가 전갈을 돌리면 자기의 청혼을 받아들인다는 뜻이고, 메뚜기를 돌리면 거절의 뜻이라고 했어요. 아, 그는 술에 취한 악마처럼 웃어 댔어요. 나는 그 사람에게 고문실의 열쇠를 달라고 애원했지요. 그것을 주면 그와 결혼하겠다고요. 그랬더니 또다시 악마처럼 웃더군요.

그는 마지막으로 이렇게 말했어요. '메뚜기! 메뚜기를 돌리면 그것이 펄쩍 뛰어오를 것이오! 위로 높이 뛰어오르겠지! 아주 높이 말이오!' 그러고는 저를 혼자 두고 나가 버렸어요."

머릿속이 혼란스러웠다. 그러나 한 가지만은 분명하게 알 수 있었다. 메뚜기가 뛰어오른다는 것은 수많은 생명이 공중으로 날아갈 것이라는 말이었다. 그 메뚜기는 화약고에 설치된 폭발 장치와 연결된 것이 틀림없었다.

나는 크리스틴에게 재빨리 그런 상황을 설명했다. 샤니 자작은 그녀에게 당장 전갈을 돌리라고 말했다. 그러나 그녀가 전갈을 돌리러 가는 사이, 내 머릿속에 번개처럼 다른 생각이 떠올랐다.

"크리스틴 양, 손대지 말아요!"

내가 소리를 질렀다. 나는 에릭을 잘 알고 있었다. 어쩌면 에릭은 다시 한 번 이 순진한 아가씨를 속였을지도 몰랐다. 모든 것을 산산조각으로 만드는 것은 오히려 전갈일 수도 있었다.

에릭은 왜 자리를 뜬 것일까? 오 분이 지난 듯한데도 그는 돌아오지 않았다. 안전한 곳에 숨어 오페라 극장의 폭발을 기다리고 있는 것일까? 그는 크리스틴이 진심으로 자신의 청혼을 받아들일 거라고 기대하는 것일까? 아마 그런 기대는 하지 않을 것이었다. 그런데 왜 돌아오지 않을까?

크리스틴이 겁에 질린 목소리로 말했다.

"그 사람이에요! 그가 오는 소리가 들려요!"

무거운 발소리가 방 안으로 들어왔다. 에릭은 아무런 말도 하지 않았다.

내가 소리를 질렀다.

"에릭! 날세! 나를 알겠지?"

아주 침착하게 그가 대답했다.

"아직도 살아 있나? 그럼 조용히 입 다물고 있어!"

나는 뭐라고 말을 하려고 했지만 그가 무서운 목소리로 내 말문을 막아 버렸다.

"한 마디도 하지 마! 한 마디만 더 하면 몽땅 날려 버리겠어. 모든 것은 크리스틴의 선택에 달려 있으니!"

그러더니 크리스틴에게 냉정한 어조로 말했다.

"당신이 메뚜기를 돌리면 우린 모두 공중으로 날아가는 거요. 이 방 지하에는 파리 시 전체를 잿더미로 만들 수 있는 화약이 있으니까. 그러나 만약 당신이 그 아름다운 손으로 전갈을 택한다면, 화약은 그대로 물에 잠기게 될 거요. 우리의 결혼을 자축하는 기념으로 당신이 수많은 사람들에게 푸짐한 선물을 하게 되는 셈이지. 그들의 목숨 말이오.

자, 크리스틴, 어서 전갈을 돌려요. 그러면 우리는 행복하게, 세상 그 누구보다도 행복하게 결혼식을 올릴 수 있어! 이제 이 분밖에 남지 않았소. 이 분 안에 전갈을 돌리지 않는다면, 내가 메뚜기를 돌려 버리겠소. 그러면 메뚜기는 아주 높이높이 뛰어오르겠지!"

불길한 정적이 찾아왔다. 샤니 자작은 마룻바닥에 엎드려 기도를 하고 있었고, 나는 격렬하게 뛰는 심장을 손으로 누르고 있었다. 마침내 에릭의 목소리가 들려왔다.

"자, 이 분이 모두 지나갔군. 그럼 안녕, 크리스틴……."

그 때 크리스틴이 다급하게 물었다.

"에릭, 전갈을 돌리면 안전한 건가요? 맹세할 수 있어요?"

"그렇소, 전갈이오……. 뭐 하고 있소? 아직도 망설이는 거요? 그렇다면 내가 메뚜기를 돌리는 수밖에 없지."

에릭은 그녀를 놀라게 할 생각으로 메뚜기를 향해 천천히 손가락을 움직였다.

"에릭! 그만! 전갈을 택하겠어요."

아, 숨이 멎을 듯한 몇 초가 흘렀다. 우리는 끔찍한 폭발음과 함께 모든 것이 산산조각으로 흩어지기만을 기다렸다. 그런데 갑자기 바닥에 열려 있는 지하실 문을 통해 무언가 시끄러운 소리가 들려왔다. 그것은, 그것은 물이 흐르는 소리였다.

"물이다! 물이야!"

물소리를 듣자, 공포감 때문에 잊고 있었던 갈증이 다시 찾아왔다. 자작과 나는 정신없이 지하로 내려가 물을 마셨다. 그 순간에는 갈증을 해결하고 싶다는 생각밖에 없었다. 마침내 갈증이 풀리자 주변의 상황이 눈에 들어왔다.

물이 점점 높이 차오르고 있었다. 그 바람에 우리는 다시 고문실로 올라와야 했다. 금세 물이 고문실까지 차올라 바닥이 첨벙거리기 시작했다. 이대로 계속 가다가는 집 전체가 물에 잠길 듯했다.

"에릭! 화약은 완전히 물에 잠겼네! 이제 물을 잠가야 하네! 물을 잠그라고!"

내가 큰 소리로 에릭을 불렀다. 그러나 아무런 대답이 없었다. 샤니 자작도 크리스틴을 크게 소리쳐 불러 보았지만, 역시 아무 대답도 들을 수 없었다.

우리는 필사적으로 에릭과 크리스틴을 향해 소리를 질렀다. 그러나 콸콸 흘러나오는 물소리 외에는 아무 소리도 들리지 않았다. 물이 사방에서 출렁거렸다. 이대로 고문실에서 익사해야 한단 말인가?

내가 미친 듯이 소리를 질렀다.

"에릭! 에릭! 내가 네 목숨을 구해 주었어! 그것을 잊었나! 내가 아니었다면 너는 죽은 목숨이야, 에릭!"

물은 점점 더 높이 차올랐다. 그 때 손에 무언가가 잡혔다. 쇠나무였다. 우리 둘은 쇠 나무 가지에 간신히 매달렸다. 그러나 그것도 잠시였다. 어떻게든 헤엄을 쳐 보려고 버둥거리던 우리 두 사람의 팔이 뒤엉키기 시작했다.

더 이상 힘을 낼 수가 없었다. 살기 위해 허우적거리는 손가락은 거울 벽 앞에서 힘없이 미끄러질 뿐이었다. 우리는 소용돌이 속으로 빨려 들어갔다. 점점 몸이 가라앉고 있었다. 나는 마지막 힘을 다해 비명을 지르듯 외쳤다.

"에릭! 크리스틴!"

그 순간 물이 빠지는 소리가 들렸다. 바닥 쪽에서부터 나는 소리였다. 마지막까지 붙잡고 있던 의식이 가물가물 사라지고 있었다.

제 12 장
최후의 입맞춤

페르시아 인이 건네준 기록은 여기에서 끝이 났다. 그 뒤에 어떤 일이 있었는지는 내가 들은 대로 기록하려 한다.

라울과 페르시아 인은 크리스틴의 숭고한 희생 덕분에 목숨을 구할 수 있었다. 나는 그 뒤의 이야기를 페르시아 인에게서 직접 들었다.

내가 그를 만나러 갔을 때, 그는 중병에 걸린 노인이었다. 하지만 의식은 말짱해 보였으며, 아주 명료하고 조리 있는 말투로 모든 일들을 생생하게 들려주었다. 그렇기는 해도 처음 그에게 그 모든 비극을 털어놓도록 설득하는 일은 무척이나 어려웠다.

페르시아 인이 다시 눈을 떴을 때는 침대 위에 누워 있었다. 라울은 외투에 싸인 채 소파에 누워 있었고, 섬뜩한 가면을 쓴 에릭이 페르시아 인을 내려다보고 있었다. 크리스틴이 페르시아 인에게 물을 가져다 주었지만, 말은 한 마디도 하지 않았다.

에릭이 입을 열었다.

"이제 조금 괜찮아졌나?"

그러고는 라울을 가리키며 말했다.

"당신이 의식을 잃고 있을 때, 자작은 정신이 들어 깨어났다가 다시 잠들었다네. 그는 괜찮아. 지금은 깨우지 않는 것이 좋겠어."

에릭은 그렇게 말하고 나서 방을 나갔다. 크리스틴은 방 한 구석에 앉아 책을 읽고 있었다. 페르시아 인은 몸을 일으켜 그녀에게 말을 걸어 보려고 했다. 그러나 온몸에 기운이 하나도 없어서 다시 눕고 말았다.

크리스틴은 아무 말 없이 페르시아 인에게 다가와 이마를 짚어 보고는 다시 있던 자리로 돌아갔다. 그 때 잠들어 있는 라울의 곁을 지나가면서도 눈길조차 주지 않던 크리스틴의 모습을 페르시아 인은 분명하게 기억하고 있었다.

에릭이 방으로 돌아와 페르시아 인에게 말했다.

"이제 두 사람 모두 무사히 살아난 거야. 이제 둘을 지상으로 데려다 주지. 내 아내가 바라는 일이니까."

에릭이 페르시아 인에게 물약을 건네주었다. 잠시 후 페르시아 인도 라울처럼 깊은 잠에 빠져 들었다. 다시 깨어났을 때에는 자신의 방이었다. 그의 옆에는 다리우스가 걱정스러운 눈길로 지켜보고 있었다. 다리우스는 낯선 사람이 그를 집 앞 계단에 데려다 놓고는 사라졌다고 했다.

페르시아 인은 어느 정도 기운을 차리자마자 샤니 백작의 집으로 전갈을 보내 안부를 물었다. 하지만 젊은 자작은 행방불명인 상태였고, 샤니 백작은 이미 죽었다는 답이 왔다. 백작의 시체가 오페라 극장의 호숫가에서 발견되었다는 것이다.

그런 일을 저지른 장본인이 누구인지는 의심의 여지가 없었다. 페르시아 인은 고문실에서 들었던 에릭의 장송곡을 떠올렸다. 그 음악이 누구를 위한 것이었는지 분명해졌다. 샤니 백작은 동생을 찾으러 지하 세계로 내려왔다가 호수에 빠진 것이 분명했다.

그는 더 이상 망설일 것 없이 이 모든 사실을 경찰에 알려야겠다고 마음먹었다. 하지만 판사인 포르는 그를 미친 사람으로 취급했다. 페르시아 인은 아무도 자신의 이야기를 귀담아듣지 않자 절망 속에서 글을 쓰기 시작했다. 경찰은 자신의 이야기를 무시했지만 언론은 주목해 줄지도 모른다는 생각이 들어서였다.

그가 자신의 기록(앞서 내가 인용한 부분까지의 기록이다.)을 마쳤을 때, 다리우스가 손님의 방문을 알렸다. 다리우스는 손님이 이름을 밝히지 않으며, 얼굴 또한 제대로 보여 주지 않는다고 전했다. 그저 페르시아 인을 꼭 만나야 한다고 고집을 부렸다는 것이다. 페르시아 인은 그가 누구인지 알 것 같았다.

그의 짐작이 옳았다. 손님은 바로 오페라의 유령, 즉 에릭이었다. 에릭은 굉장히 피곤해 보였다. 당장이라도 쓰러질 것처럼 간신히 벽에 몸을 기대고 서 있었다.

그가 방으로 들어서자, 페르시아 인은 벌떡 일어나 소리쳤다.

"백작을 죽인 살인자! 자작과 크리스틴 양을 어떻게 했지?"

에릭은 한동안 아무 말을 하지 못했다. 그는 간신히 의자 쪽으로 몸을 끌고 간 후, 털썩 주저앉아 띄엄띄엄 말했다.

"다로가……, 샤니 백작의 죽음은…… 정말로 우연한 사고였어. 내가 나가 보니 이미 죽어 있었단 말이네. 너무나 유감스런 사고였지. 그는 그저 호수에 빠진 거라네."

"거짓말!"

에릭은 고개를 숙이고 말을 이었다.

"내가 여기에 온 것은…… 샤니 백작의 이야기를 하려고 온 것이 아니야. 나는 다만…… 내가 죽어 가고 있다는 것을 알리려고……. 사랑 때문이지……. 나는 사랑 때문에 죽어 가고 있다네. 나는 그녀를 너무나 사랑했어. 지금도 사랑하고 있지. 그녀가 나에게 입맞춤을 허락했을 때 그녀는 정말 아름다웠다네……. 여인에게 입을 맞추어 본 것은 그 때가 처음이었지. 살아 숨 쉬는 여인에게 말이야……. 그녀는 너무나 아름다웠어!"

페르시아 인이 화가 나서 물었다.

"크리스틴은 살아 있나?"

"물론 나는 살아 있는 그녀에게 입을 맞췄지. 그녀는 내 입술을 피하지 않았다네! 그녀가 죽었냐고? 아니, 살아 있을 거야. 하지만 죽었다고 해도 이제 나와는 아무 상관없겠지……. 아니, 아니야. 크리스틴은 죽지 않았어. 어느 누구도 크리스틴을 해치지 못해!

그녀는 정말 착한 여자야. 당신이 목숨을 구한 건 바로 크리스틴 덕분이지. 그런데 다로가, 당신은 왜 그 녀석과 함께 그곳에 왔던 거야? 그 얼간이 녀석을 위해 크리스틴이 어찌나 애걸하던지! 그를 살려 주면 진정으로 내 아내가 되겠다고 약속을 했지. 참으로 아름다운 모습으로 말이야…….

나는 비로소 처음으로 살아 있는 아내를 갖게 되었어. 그 전까지만 해도 그녀의 눈에서는 죽음의 그림자가 보였으니까. 크리스틴은 진심으로 말했어. 영원히 내 아내가 되겠다고, 다시는 자살하지 않겠다고 말이야. 그 덕분에 삼십 분쯤 후, 물이 모두 호수로 빠져 나가게 된 거야.

난 당신이 죽은 줄로만 알았어. 그런데 살아 있더군. 두 사람을 살리기 위해 나는 최선을 다했어. 그런 다음 당신을 집 앞에 데려다 준 거야."

"샤니 자작은 어떻게 한 건가?"

"당장 놓아 줄 수는 없었지. 그는 인질이었으니까. 물론 크리스틴 때문에 그 집에 붙잡아 두지는 못했지만. 그래서 꽁꽁 묶어 인적 없는 곳에다 가둬 놓았어. 지하 오층에 있는, 파리 코뮌 시절에 사용되던 감옥에다 말이야. 그곳은 오페라 극장에서 가장 을씨년스런 곳이지. 그러고 나서 크리스틴에게로 돌아갔어. 그녀가 나를 기다리고 있더군."

에릭은 자리에서 일어나 갑자기 몸을 떨기 시작했다. 어떤 강렬한 감정에 사로잡힌 것 같았다. 그가 계속해서 말했다.

"그래, 그녀는 나를 기다리고 있었어……. 내가 다가가도 그녀는 몸을 돌리지 않았지! 나는 그녀의 이마에 입을 맞추었다네. 아니, 어쩌면 그녀가 이마를 조금 앞으로 내밀었던 것도 같아. 아주 많이는 아니었지만. 정말로 살아 있는 신부처럼 말이야……. 아! 누군가의 이마에 입을 맞춘다는 것은 얼마나 행복한 일인지!

내 어머니는, 불쌍한 내 어머니는 한 번도…… 단 한 번도 내가 입을 맞추도록 허락하지 않았어……. 늘 달아나 버렸지……. 그러고는 내게, 내 얼굴에 가면을 던졌어! 이제까지 그 어떤 여자도 내게 입맞춤을 허락하지 않았단 말이야. 그러니 그 순간 내가 얼마나 행복했겠나!

나는 너무나 행복해서 눈물을 흘렸어. 그녀의 발밑에 엎드려

울면서…… 그녀의 발에 입을 맞추었지……. 그 작고 사랑스러운 발에…… 울면서 말이야……. 아, 다로가, 당신도 눈물을 흘리고 있군! 크리스틴도 울었어……. 천사 같은 그녀의 얼굴에 눈물이 흘렀어……."

에릭은 격렬하게 흐느끼기 시작했다. 가슴을 움켜쥔 채 고통과 사랑으로 울고 있는 가면의 사나이를 바라보며, 페르시아 인은 자신의 눈에서 눈물이 흘러내리는 것을 막을 수 없었다.

"그녀의 눈물이 내 이마 위에 떨어져 내렸어. 그리고 내 눈물과 섞였지……. 가면 위를 따라 흐르던 눈물이 내 입술 사이로 흘러 들어왔다네. 그녀의 눈물은 달콤하고 따뜻했어. 내가 어떻게 했는지 알아? 다로가, 내 말 좀 들어 봐. 내가 어떻게 했는지 들어 보라고!

나는 가면을 찢어 버렸어! 그녀의 눈물을 한 방울도 놓치지 않으려고 가면을 찢어 버렸단 말이야! 그런데도 그녀는 달아나지 않았어……. 죽지도 않았어! 우리는 그렇게 함께 울었지! 난 이 세상에서 얻을 수 있는 모든 행복을 다 맛보았다네!

그녀의 발밑에 그렇게 엎드려 있는데, 그녀가 이렇게 말하는 소리가 들렸어. '가엾은 에릭!' 그러더니 내 손을 잡는 게 아니겠나! 그 순간 나는 크리스틴을 위해서라면 무엇이든 하겠다고, 죽을 수도 있다고 마음먹었지.

그 때 내 손 안에는 내가 그녀에게 주었던 금반지가 있었다네……. 그녀는 잃어버렸지만, 내가 다시 찾아낸 그 반지가……. 나는 그 반지를 그녀의 가냘픈 손가락에 끼워 주며 말했어. '자! 이 반지를 받아요! 당신을 위해, 그리고 그 사람을 위해! 이건 당신의 가련하고 불행한 에릭이 주는 결혼 선물이오. 나는 당신이 그 청년을 얼마나 사랑하는지 잘 알고 있소. 이젠 더 이상 울지 마오, 크리스틴.'

그녀가 내게 무슨 뜻이냐고 묻더군. 나는 그녀에게 그 사람과 결혼해도 좋다고 말했어. 왜냐하면…… 왜냐하면…… 그녀가 나를 위해 울어 주었고, 그녀의 눈물이 내 눈물과 뒤섞여 하나가 되었기 때문이야!"

말을 마친 에릭은 격렬한 감정 때문에 숨이 막힐 것 같다고 말했다. 그는 페르시아 인에게 고개를 돌리고 있어 달라고 부탁하고는 가면을 벗었다. 페르시아 인은 고개를 돌린 채 창문을 활짝 열고 창밖을 내다보았다. 그는 에릭에 대한 연민으로 가슴이 터질 것만 같았다.

"나는 그 젊은이를 풀어 주었어……. 그리고 크리스틴 앞으로 그를 데리고 왔다네. 두 사람은 내가 보는 앞에서 서로 입을 맞추더군……. 크리스틴은 내가 준 반지를 끼고 있었지.

나는 크리스틴에게 부탁했어. 언젠가 내가 죽으면 파리로 다시 돌아와 반지와 함께 내 시체를 묻어 달라고. 그 순간까지는 그 금반지를 간직해 주었으면 좋겠다고……. 나는 그녀에게 내 시체를 어디에서 찾아야 하는지, 그리고 어떻게 묻어야 하는지 말해 주었지…….

그랬더니 크리스틴이…… 여기 바로 내 이마 위에…… 입을 맞춰 주었어. 그리고 두 사람은 함께 떠났다네……. 크리스틴은 더 이상 울지 않았어. 나만 홀로 남아 끝없는 눈물을 흘렸을 뿐이지. 만약 크리스틴이 그 약속을 지키려 한다면 이제 곧 돌아와야 할 거야……. 나는 곧 죽을 테니까……."

페르시아 인은 더 이상 아무것도 묻지 않았다. 샤니 자작과 크리스틴은 분명 안전할 것이었다. 그날, 눈물을 흘리며 이야기를 하는 에릭을 보고 어떤 이가 한 치의 의심을 품을 수 있었겠는가!

에릭은 자리를 뜨기 전에 자신의 최후가 다가오고 있는 것을 느낀다면서, 조만간 사람을 보내겠다고 했다. 페르시아 인이 자신에게 베풀어 준 친절에 대한 감사의 표시로 몇 가지 물건을 남겨 주고 싶다는 것이었다. 그것은 크리스틴이 남긴 편지와 몇 가지 물건들이었다.

마지막으로 에릭이 한 가지 부탁을 했다. 자신의 유물과 편지를 받으면, 젊은 연인들에게 자신의 죽음을 알려 달라고 했다. 《에포크》지에 부음을 내 주기만 하면 되는 일이었다.

다리우스가 에릭을 길가까지 부축해 주었다. 마차 한 대가 그를 기다리고 있었다. 창문으로 내려다보고 있던 페르시아 인에게 에릭의 목소리가 들렸다.

"오페라 극장으로 갑시다."

페르시아 인이 그 가련하고 불행한 에릭을 본 것은 그것이 마지막이었다. 삼 주 뒤《에포크》지에 짧은 부음이 실렸다. '에릭 사망'이라고…….

에필로그

이제 오페라의 유령이 실존 인물이었다는 사실을 부정할 수는 없다. 지금까지 내가 조사한 결과들을 바탕으로 샤니 형제의 비극적인 사건을 추적해 가다 보면, 에릭이 실제로 존재했다는 사실을 인정하지 않을 수 없으리라고 확신한다.

에릭을 둘러싸고 벌어진 일련의 사건들이 파리 시민에게 큰 동요를 불러일으켰다는 것은 다시 말할 필요가 없다. 크리스틴 다에는 두 형제의 싸움에 희생당한 가련한 여자로 묘사되었다. 그러나 실제로 무슨 일이 벌어진 것인지는 그 누구도 짐작조차 할 수가 없었다.

무엇보다 샤니 백작이 의문의 죽음을 당한 뒤, 크리스틴과 라울이 북부행 열차를 타고 아무도 모르는 곳으로 사라졌다는 사실을 아는 사람은 한 명도 없었다. 두 사람은 스칸디나비아로 갔다. 그리고 어쩌면 그 무렵에 자취를 감춘 발레리우스 부인의 흔적도 그곳에서 찾을 수 있을지 모른다.

　머리가 별로 뛰어나지 않은 치안 판사 포르가 이 사건을 대충 마무리 지은 뒤에도, 오랫동안 신문들은 이 신비스런 사건의 전말을 밝혀 보려 애썼다. 그러나 오직 페르시아 인만이 모든 진실을 알고 있었으며, 에릭이 죽기 직전에 보낸 결정적인 증거들을 갖고 있었다.

　페르시아 인은 그 증거들을 내게 넘기며 에릭의 실존 사실을 입증할 만한 자료를 수집하라고 했다. 그는 나에게 조사 방향까지 친절하게 가르쳐 주었다. 어디서 어떤 정보를 얻어야 하는지, 또 누구한테 물어봐야 하는지 등등.

　내가 참고로 삼았던 몽샤르맹의《어느 총감독의 회고록》에서는 오페라의 유령에 대해 앞부분에서만 간단히 언급하고 있을 뿐이었다. 항상 이것을 궁금하게 생각했는데, 페르시아 인이 답을 주었다. 그는 그 책의 두 번째 장을 자세히 읽어 보라고 했다. 그들은 그 유명한 이만 프랑 사건에 대해 아주 순진한 결론을 내리고 있었다.

　오페라의 유령이라 자처하는 그 인물은 나중에 자발적으로 모든 것을 제자리에 돌려놓음으로써 우리들의 걱정거리를 사라지게 했다.

경찰에게 돈이 사라진 사실을 알린 뒤, 우리는 수사관 미프루아 씨와 만날 약속을 한 상태였다. 그런데 크리스틴 다에가 실종되고 며칠이 지난 후, 놀라운 일이 일어났다. 리샤르의 책상 위에 붉은 잉크로 '오페라의 유령으로부터'라고 씌어진 봉투가 놓여 있었던 것이다.

돈을 되찾은 리샤르는 그 정도에서 사건을 마무리하자고 했다. 물론 나도 같은 생각이었다. 좋은 게 좋은 것 아니겠는가!

나는 페르시아 인에게 물었다.

"그렇다면 그 계약서는 장난이었던 건가요? 사만 프랑을 되돌려준 걸 보면 말입니다."

"아니요, 그렇지 않아요. 에릭은 자신의 추한 외모에 대한 보상으로 다른 사람들의 것을 빼앗았소. 그가 사만 프랑을 돌려준 것은 더 이상 필요하지 않기 때문이었을 거요. 크리스틴과의 결혼을 포기하면서 지상의 모든 것을 포기했던 게지……."

나는 페르시아 인에게 에릭이 어떻게 해서 리샤르의 호주머니에서 돈을 훔쳤는지도 물어보았다. 옷핀을 꽂아 놓았는데도 말이다. 페르시아 인은 에릭이 '비밀 문의 연인'이라는 별명을 갖고 있었다는 사실을 일깨워 주었다. 그는 나에게 총감독들의 사무실을 자세히 살펴보라고 말했다.

뒷날 그 사무실에 들어가 보았더니, 아니나 다를까 총감독들의 책상 밑으로 성인 남자의 손이 드나들 만한 비밀 문이 하나 나 있었다. 그 문으로 손 하나가 살그머니 올라와 총감독의 주머니를 교묘한 솜씨로 뒤지는 모습이 눈에 보이는 듯했다.

페르시아 인의 이야기와 크리스틴의 편지, 그리고 리샤르와 몽샤르맹 밑에서 일한 사람들이 들려준 이야기 들이 내가 중요한 사실을 발견하는 데 큰 도움을 주었다. 이 모든 기록들은 나중에 오페라 극장의 문서 보관소에 기증할 생각이다.

호숫가의 그 집은 끝내 찾지 못했다. 에릭이 출구를 모두 막아 버렸기 때문이다. 그러나 페르시아 인과 라울이 지하로 들어가는 데 사용한 비밀 문과 통로는 찾아낼 수 있었다.

페르시아 인의 말에 따르면, 에릭은 루앙 근처의 작은 마을에서 태어났다고 한다. 그의 얼굴은 태어날 때부터 너무나 끔찍했다. 추악한 외모 때문에 부모에게서 아무런 사랑도 위안도 받지 못했다.

그는 어려서 집을 뛰쳐나온 후, 집시 극단을 따라다니며 사람들에게 '살아 있는 시체'로 알려졌다. 그리고 장터에서 장터로 온 유럽을 돌아다니면서, 집시들한테서 온갖 기예와 마술을 배웠다.

그 후 러시아의 한 장터에 나타난 에릭은 사악한 재주들을 선보이고 있었다. 세상 누구보다도 아름다운 목소리로 노래를 불렀고, 복화술을 할 줄 알았으며, 마술도 부렸다. 에릭을 본 외국의 상인들이 아시아로 돌아가 에릭에 대한 이야기를 퍼뜨렸다. 에릭의 이름이 페르시아 왕비의 귀에까지 들어간 연유가 그것이었다. 젊은 왕비는 우리의 페르시아 인을 시켜 에릭을 당장 불러들였다.

한동안 마젠데란 궁전에서 에릭은 법과 같은 존재였다. 에릭은 아무런 양심의 가책 없이 끔찍한 죄를 저질렀으며, 그의 묘기는 정치적 살인에 이용되기도 하였다. 덕분에 페르시아의 군주는 그를 특별히 총애하게 되었다.

에릭은 건축에도 독창적이고 뛰어난 자질을 갖고 있었다. 그래서 마젠데란 궁전을 비밀 문과 비밀 통로로 가득 찬 놀라운 곳으로 개축했다. 그러나 곧 무시무시한 일이 벌어졌다. 군주가 에릭의 두 눈을 뽑아 버리라고 명령하였던 것이다. 자기 외의 또 다른 왕이 이런 궁전을 갖게 되는 것을 원치 않아서였다.

하지만 눈을 뽑은 것만으로는 안심이 되지 않아, 에릭과 그 밑에서 일한 사람들을 모두 죽이라는 명령을 내렸다. 그 임무를 맡은 사람이 바로 페르시아 인이었다. 그러나 페르시아 인은 목숨을 걸고 그를 구해 주었다. 에릭이 한때 그를 도와준 적이 있는 데다 평소에 절친하게 지내 왔기 때문이다.

에릭의 탈출을 도운 죄로 페르시아 인은 목숨이 날아갈 위기에 처했다. 그 때 다행히도 신원을 알 수 없는 시체 한 구가 발견되었다. 그 시체를 에릭으로 위장한 덕분에 페르시아 인은 가까스로 목숨을 건질 수 있었다. 하지만 군주는 그의 재산을 몰수하고 페르시아에서 추방하는 벌을 내렸다. 그렇게 해서 페르시아 인은 파리에서 살아가고 있었던 것이다.

에릭은 콘스탄티노플로 도피한 뒤, 그곳에서 다시 국왕을 위해 커다란 궁전을 하나 지었다. 그러나 결국 페르시아를 떠난 것과 똑같은 이유로 그곳을 떠나야 했다. 너무 많은 것을 알고 있었던 것이다.

잔인하고 끔찍한 일에 싫증이 난 에릭은 자신도 다른 사람들처럼 평범하게 살고 싶다는 소망을 갖게 되었다. 그리하여 파리로 와서 평범한 건축가로 오페라 극장을 짓는 일에 참여했다.

그는 언제나 세상 사람들이 알지 못하는, 그래서 사람들의 눈을 피해 숨을 수 있는 그런 집을 짓기를 꿈꾸었다. 그리고 극장을 지으면서 그곳에 자신만의 거처를 만들 수 있을 거라는 생각을 했다. 그 뒤의 일은 독자들도 모두 아는 이야기이다.

가엾고 불행한 에릭! 우리는 그를 동정해야 할까, 아니면 저주해야 할까? 에릭이 원한 것은 단지 여느 사람들과 같이 평범한 사람이 되는 것이었다. 하지만 너무나 추한 외모 탓에 자신의 천재적인 재능을 양지에서 발휘하지 못하고, 권력을 가진 사람들에게 이용만 당하며 살아왔다. 누구도 범접하지 못할 능력을 가졌음에도 불구하고, 어둡고 음침한 지하 세계에서 생을 보내야 했던 것이다. 우리는 오페라의 유령에게 증오나 저주가 아닌 동정과 사랑을 돌려주어야 하는 것이 아닐까.

나는 에릭의 주검 앞에서 그의 영혼을 위해 기도했다. 그가 저지른 모든 죄악에도 불구하고 신께서 그에게 사랑을 베풀기를 진심으로 바랐다. 그렇다, 나는 에릭의 유골을 보았다.

일전에 인부들이 극장의 지하실을 팠을 때, 유골 한 구가 발견되었다. 나는 그것이 에릭이라는 것을 단숨에 알아보았다. 그 유골의 손가락에…… 금반지가 끼워져 있었던 것이다. 크리스틴이 약속을 지키기 위해 죽은 에릭을 찾아와, 그의 손에 끼워 준 것이 분명했다.

유골은 작은 우물 옆에서 발견되었다. 오페라 극장의 지하로 크리스틴을 데려가던 날 밤, 에릭이 떨리는 두 팔로 의식을 잃은 그녀를 품에 안았던 바로 그곳이다.

자, 그의 유골은 이제 어떻게 해야 할까? 나는 오페라의 유령에게 어울리는 장소는 바로 국립 음악 학교의 사료관뿐이라고 생각한다. 그건 범상한 유골이 아니기 때문이다.

오페라의 유령,
그에게 허락되었던
단 한 번의 사랑

전종옥 _ 현재 서울 양서중학교 교장

유령 이야기, 그렇게 좋아?

"빨간 휴지 줄까? 파란 휴지 줄까?"

그 대답이 예전에는 "난 신문지 쓰는데!"에서 최근에는 "어, 우리 집 비데 쓰는데?"로 바뀌고 있지만, 아직도 화장실은 귀신 이야기에 흔히 등장하는 곳이다. 그래서인지 유령이나 귀신이 등장하는 영화를 보기라도 한 날은 혼자서 화장실에 가기가 겁이 난다.

그런데도 무서운 이야기라면 사족을 못 쓰고 덤벼드는 사람들

가스통 르루가 1910년에 발표한 장편
소설 〈오페라의 유령〉

이 적잖은 것을 보면 참으로 희한한 일이다. 도대체 유령이나 귀신 이야기가 사람들을 이토록 강하게 끌어당기는 까닭은 무엇일까? 그 물음에 한마디로 잘라 대답하기는 어렵다. 다만 유령이 등장할 때의 으스스함이 마음을 묘하게 들뜨게 하거나, 유령의 정체나 최후에 대한 호기심이 우리를 사로잡는 것만큼은 분명해 보인다.

지금까지 우리에게 익숙한 무서운 이야기를 살펴보면, 크게 두 가지 흐름으로 나눌 수 있다. 하나는 진짜 유령이나 드라큘라, 귀신 등이 등장하는 이야기이다. 또 다른 하나는 유령이나 귀신

의 실체가 알고 보니 사람이었다는 식으로 전개되는 것이다.

요즘의 유령 이야기나 공포 영화는 실제로 존재하는 사람들의 이야기를 다룬 경우가 많다. 그런 이야기들은 그 유령이, 아니 그 사람이 우리 주변에 정말로 존재할 수도 있다는 기분에 젖게 만들어 등골을 오싹하게 한다.

《오페라의 유령》도 바로 그런 이야기를 담고 있다. 여기에는

진짜 유령보다 더 유령 같은 사람이 등장한다. 이른바 '오페라의 유령'이다. 그는 왜 유령으로 살아가야 했을까? '오페라'와 '유령'은 어떤 관련이 있을까? 그러한 물음을 던지면서 《오페라의 유령》에 담긴 더 풍성한 이야깃거리 속으로 뛰어들어 보자.

음악의 천사도 유령도 아닌, '인간' 에릭

오페라 극장 총감독들의 퇴임을 기념하는 공연이 한창이던 어느 날 저녁, 주역 여가수인 카를로타가 불편한 몸을 핑계로 출연을 거부한다. 덕분에 무명인 크리스틴이 대역을 맡아 큰 성공을

오페라를 알고 싶다

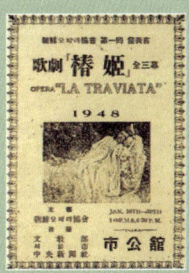

1948년 우리 나라 최초의 오페라 공연으로 기록된 〈춘희(라 트라비아타)〉 광고 포스터

오페라는 16세기 말경, 이탈리아의 피렌체에서 처음 탄생했다. 등장 인물이 대사의 전부 혹은 일부를 노래로 표현하는 가극(歌劇)으로, 갖가지 기악곡과 합창, 무용, 미술 등이 포함된 종합 예술이다.

오페라는 일단 연극과 음악이 합쳐진 것이므로 대본이 필요하다. 초기의 오페라 대본은 그리스 비극이나 영웅 이야기로 한정되었으나, 차차 다양한 소재를 다룬 이야기가 오페라로 만들어졌다.

노래 부분은 보통 아리아, 레치타티보, 앙상블, 합창으로 구분되는데, 그중 가장 완성도가 높은 것이 아리아이다. 아리아는 주인공의 내면을 표현해 주는 독창곡으로 작곡가의 역량을 드러내는 수단으로 여겨지기도 한다. 레치타티보는 극 진행에 사용되는 대화체 노래이며, 극의 시작 전에 극의 분위기를 암시하는 서곡과 막과 막 사이에 짤막하게 연주되는 간주곡도 있다. 이외에도 여러 사람이 한꺼번에 이야기를 하는 앙상블, 여러 사람이 모여 노래를 부르는 합창 등이 있다. 극적 진행이나 장면의 효과를 위해 발레가 결합되기도 한다.

거둔다. 그리고 그날, 크리스틴은 어린 시절을 함께 보냈던 라울 샤니 자작과 재회하게 된다.

그 무렵 크리스틴에게는 남몰래 음악을 가르쳐 주는 이가 있었는데, 죽은 아버지가 말씀하시던 '음악 천사'인 줄로 믿고 열심히 노래를 배운다. 그러나 정작 그는 오페라 극장의 지하에서 얼굴을 가면으로 가리고 살아가는 '오페라의 유령' 에릭이었다.

유령은 전임 총감독들에게 했던 것처럼, 새로 총감독이 된 몽 샤르맹과 리샤르에게도 '5번 박스석'과 '매달 이만 프랑'씩의 돈을 요구한다. 그러나 신임 총감독들은 5번 박스석을 관리하고 있는 지리 부인의 충고에도 불구하고, 유령의 존재를 부정하며 그의 끈질긴 요구를 묵살한다.

이에 유령은 자신의 존재를 강하게 알리기 위해 카를로타의 목소리를 두꺼비 소리로 바꾸는가 하면, 샹들리에를 객석으로 떨어뜨리는 등 여러 가지 끔찍한 사고를 일으킨다.

한편 라울은 음악 천사에게 마음을 뺏긴 크리스틴 때문에 절망스런 나날을 보낸다. 크리스틴은 라울과 에릭 사이에서 위험한 줄타기를 하다가, 마침내 라울에게 그 동안 에릭과 있었던 일들을 모조리 이야기한다. 두 사람은 서로의 사랑을 확인한 뒤, 최후의 공연을 마치고 몰래 떠나기로 약속한다. 그 모습을 에릭이 숨죽이며 슬프게 지켜보고 있는 줄도 모른 채.

에릭은 결국 두 사람의 계획을 미리 알고서, 오페라 〈파우스트〉의 공연 중에 크리스틴을 납치하여 오페라 극장 지하에 있는 자신만의 왕국으로 사라진다.

라울은 페르시아 인과 함께 크리스틴과 에릭을 찾아 나선다. 그러나 두 사람에게 닿기도 전에 사방이 거울로 된 고문실에 갇히고 만다. 그들은 그 곳에서 무더위와 공포에 휩싸인 채 죽음의

《파우스트(Faust)》와 마르가리타

독일의 문호 괴테가 전 생애를 바쳐서 쓴 희곡이다. 스물두 살 때 작품을 구상하기 시작하여 여든두 살의 고령으로 세상을 떠나기 직전까지, 심혈을 기울여 완성한 대작이다.

파우스트는 신학, 법학, 철학 등 모든 분야를 탐구해 얻은 지식으로도 만족과 행복을 얻지 못하자 절망에 빠진다. 자유로운 영혼이 되어 우주의 진상을 알아보고자 자살을 하려던 순간, 부활절 합창 소리를 듣고 다시 생에 대한 애착을 느끼게 된다.

이 때 악마 메피스토펠레스가 나타나 파우스트에게 모든 희망과 향락을 누리게 해 주겠다고 제안한다. 대신 죽은 뒤에 그의 영혼을 지옥으로 데리고 가겠다는 계약을 맺는다.

안겔리카 카우프만 작,
〈요한 볼프강 폰 괴테〉

파우스트는 메피스토펠레스와의 여정을 통해 학문, 연애, 예술 등 여러 분야를 경험하지만 공허감만 느낄 뿐이다. 결국 인생의 진정한 가치를 발견하고, 뒤늦게 악마에게 영혼을 판 것을 후회한다.

백 살이 된 파우스트는 시력을 잃게 되지만 마음의 빛은 더욱 명료해진다. 개인의 학식을 쌓는 일이나 남녀 간의 사랑이 아닌, 보다 많은 사람들의 행복을 위해 노력하면서 진정한 만족을 깨닫게 된 것이다.

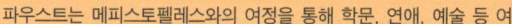

그는 충만함과 환희를 느끼며 죽음을 맞이한다.

한편 메피스토펠레스는 파우스트가 죽자 자신이 승리한 것이라 생각하고, 계약대로 영혼을 빼앗으려 한다. 이 때 하늘에서 천사들이 내려와 파우스트의 고결한 영혼을 안고 하늘 높이 올라가 버린다.

마르가리타는 《파우스트》의 1부에 등장하는 인물로, 그레트헨(괴테가 첫사랑인 그레트헨을 모델로 삼았다고 한다.)이라고도 불린다. 그녀는 파우스트와 사랑에 빠져 아기를 낳지만, 자신이 낳은 아기를 죽인 죄로 사형 판결을 받는 비운의 여인이다.

그러나 죽음의 순간까지 신에게 기도를 멈추지 않은 덕분에 구원을 받는다. 파우스트의 영혼이 구원을 받을 수 있었던 것도 마르가리타의 간절한 기도 때문이었다.

위기에 놓인다.

에릭은 크리스틴에게 자신과 결혼해 달라고 요구하면서, 만약 그렇게 하지 않으면 다음 날 열한 시에 자신은 물론이고 오페라 극장에 모인 사람들을 모두 끝장내겠다고 말한다.

마침내 열한 시. 크리스틴은 사람들을 구하기 위해 에릭의 키스를 받아들이고, 아내가 되기로 한다. 크리스틴의 사랑을 얻은 에릭은 생애 최고의 행복을 느끼며 그녀를 라울에게 보낸다.

그로부터 얼마 후, 신문에 짤막한 부음이 실린다.

"에릭 사망."

《로미오와 줄리엣》이 셰익스피어 4대 비극에 포함되지 않는다고?

영국이 낳은 위대한 극작가 셰익스피어가 쓴 네 편의 비극을 일컬어 '4대 비극'이라 한다. 4대 비극에 속하는 작품은《오셀로》,《햄릿》,《리어 왕》,《맥베스》등이다.

《로미오와 줄리엣》이 우리에게 워낙 익숙해서 그런지 이 작품을 4대 비극 중의 하나라고 생각하는 사람들이 많다. 이 작품이 셰익스피어의 작품 중 가장 강렬한 연애 비극인 데다, 다른 작품에 비해 쉽게 읽히기 때문일 것이다. 그러나《로미오와 줄리엣》은 4대 비극에 포함되지 않는다.

아참,《십이야》,《말괄량이 길들이기》,《한여름밤의 꿈》,《베니스의 상인》,《뜻대로 하세요》등을 셰익스피어 5대 희극이라 일컫는다는 것도 상식으로 알아 두자.

가스통 르루는 누구?

《오페라의 유령》을 쓴 가스통 르루(1868~
1927)는 파리에서 태어났다. 법률을 공부했지만
문학에 관심이 많았던 터라, 법률 사무소에서 서
기로 일하면서 틈틈이 수필과 단편 소설을 쓰기
시작했다. 1890년경 기자가 된 후, 세계 각지를 돌
아다니면서 1905년의 러시아 혁명을 비롯하여 자
신이 직접 체험한 여러 가지 사건과 모험을 기사
로 썼다.

가스통 르루

그는 기자로서는 다소 특이하게, 사실적인 묘
사보다는 대중의 감성을 자극하는 극적인 서술을
하거나 감상적인 평을 가미해 많은 고정 독자를
확보하였다.

르루가 1907년에 출간한 작품 《노란 방의 비
밀》은 추리 소설의 새로운 경지를 이룩했다는 평
가를 받으며 대성공을 거두었다. 한 치의 틈도 없
는 밀실에서 감쪽같이 사라진 범인을 찾아가는
이 소설은 세계적인 추리 소설 중 하나로 손꼽히
고 있다.

가스통 르루가 1907년에 발표한 장
편 추리 소설 《노란 방의 비밀》

법원 출입 기자로 활동했던 경력 때문인지, 그는 화자가 직접
사건 속으로 뛰어들어 실화를 서술하는 듯한 문체와 형식을 좋
아했다. 《오페라의 유령》도 그런 형식을 취하고 있는데, 몸소 파
리 오페라 극장과 그 지하를 둘러보고 난 뒤에 쓴 것이라고 한다.

그는 《검은 옷을 입은 부인의 향기》, 《테오프라스트 롱게의 이
중 생활》 등을 비롯하여 모두 열여섯 편의 작품을 발표하였다.

지금은《오페라의 유령》의 작가로 더 알려져 있지만, 당시에는 《셜록 홈즈의 모험》의 어서 코난 도일,《괴도 신사 뤼팽》의 모리스 르블랑 등과 함께 최고의 인기를 누리던 추리 작가였다.

게다가 지금《오페라의 유령》은 뮤지컬, 책, 영화 등에서 세계적인 히트 상품이 되어, 생전에 르루가 얻었던 인기를 훌쩍 뛰어넘는 사랑을 받고 있다.

뮤지컬로, 다시 영화로 되살아난 유령

소설《오페라의 유령》은 1910년 파리에서 처음 출간되자마자 선풍적인 인기를 끌었다. 1925년에 소설을 토대로 하여 무성 영화가 제작되었고, 그 이후 꾸준하게 영화와 뮤지컬로 만들어져 대중적인 인기를 누려 왔다.《오페라의 유령》을 대본으로 삼아 무려 열여덟 편의 영화가 제작되었고, 무대에 올려진 작품만도 아홉 편이나 된다.

그러나 지금처럼 전세계적인 인기를 누리게 된 것은 뮤지컬의 힘이 크다. 1986년 앤드류 로이드 웨버가 각색한 뮤지컬〈오페라의 유령〉이 런던에서 처음 막을 올린 이래, 뉴욕, 시드니, 파리, 토론토 등 수많은 도시에서 성황을 이루며 엄청난 수입을 올렸다. 지금도 뮤지컬의 본고장이라는 브로드웨이에서 세계 최장기 공연 기록을 세우고 있다.

우리 나라에서도 뮤지컬〈오페라의 유령〉은 2001년에 처음으로 공연되어 뜨거운 관심과 환호를 받았다. 그 후부터 매년 엄청난 인기를 누리며 관객들을 마음을 사로잡고 있다.

《오페라의 유령》이 관객이나 독자들로부터 이처럼 뜨거운 반응을 얻을 수 있었던 까닭은 무엇일까? 그것은 무엇보다도 작품이 지닌 신비한 매력 때문일 것이다.

상상만으로도 화려함이 넘치는 오페라 극장, 그곳의 지하에서 벌어지는 사건들, 가면으로 얼굴을 가려 궁금증을 자아내는 유령, 눈 깜짝할 사이에 관객의 눈앞에서 사라진 미모의 여가수 등 어느 것 하나 우리의 호기심을 자극하지 않는 것이 없다.

뮤지컬로 이 작품을 감상하는 것도 좋은 방법이겠지만, 가스통 르루가 펼쳐 내는 환상적이고 매혹적인 분위기를 제대로 느끼려면 소설을 읽는 것이 더 좋다. 뮤지컬이나 영화를 보면 짧은 시간에 별다른 노력 없이 작품의 줄거리와 전체적 감상을 얻을 수 있다. 그러나 갖가지 미묘한 감정과 다양한 상황을 풍부하게 느끼는 데는 소설만 한 것이 없다. 배우의 연기나 영상만으로는 한계가 있기 때문이다.

뮤지컬 〈오페라의 유령〉 중 에릭이 오페라 극장의 지하 세계로 크리스틴을 안내하는 장면

더군다나 뮤지컬이나 영화에서는 생략될 수밖에 없었던 다양한 인물들이 등장하는 것도 또 다른 즐거움을 안겨 준다. 책장을 한 장 한 장 넘기면서 행간에 놓인 의미들을 찾아 나가는 것이 바로 책 읽기의 기쁨이 아닐까?

유령의 사랑 이야기, 혹은 추리 소설

《오페라의 유령》은 '파리 코뮌'이 실패로 끝난 직후인 19세기

오페라와 뮤지컬, 이렇게 다르다

1986년 초연 이후, 전세계적인 인기를 누리고 있는 뮤지컬 〈오페라의 유령〉

오페라나 뮤지컬 모두 극 속에 노래가 포함되어 있다는 점은 비슷하다. 그러나 오페라가 처음부터 끝까지 음악으로 구성된 음악극이라면, 뮤지컬은 연극에 음악과 춤을 표현의 한 형태로 사용한다는 점이 다르다. 오페라는 주로 고전 문학 작품을 다룬 내용이 많고, 노래를 대개 원어(原語)로 부른다. 그래서 내용을 미리 알아 두는 것이 작품을 감상하는 데 좋다. 전용 극장이 있으며, 성량이 풍부한 성악가들이 노래를 하므로 마이크가 필요하지 않다. 무대와 객석 사이에 오케스트라를 위한 자리가 마련되어 있는 것도 특징 중 하나다.

이에 비해 뮤지컬은 연극처럼 음악 없이 대사를 하다가, 상황이나 대사에 맞는 노래를 부르고 춤을 춘다. 그러고는 다시 대사로 돌아가는 식이다. 뮤지컬은 오페라보다는 훨씬 오락적이고 대중적이어서, 볼 거리, 즐길 거리를 찾는 관객들을 끌어들이는 요소가 풍부하다. 노래는 보통 가요 반주를 사용하며, 자기 나라의 말로 번역 또는 개사하여 공연하는 경우가 많기 때문에 극의 내용을 이해하기가 쉽다.

후반의 파리를 배경으로 하고 있다. 소설의 화자는 사람들이 그저 떠도는 소문으로만 알고 있던 오페라의 유령이 실제 인물이었다고 운을 떼면서 느긋하게 이야기 보따리를 풀어낸다. 그리고 크리스틴을 지켜보는 유령의 사랑, 연적 라울을 향해 불태웠던 그의 분노, 짧은 부음만을 남기고 사라진 그의 최후를 읊어 간다.

민중의 궐기를 호소하는 파리 코뮌 당시의 포스터

가장 기본적인 구도는 추한 모습 때문에 남 앞에 나서지도 못하고 가면을 쓴 채로 숨어 살아야 하는 오페라의 유령 에릭과 그가 사랑하는 오페라 가수 크리스틴, 그리고 그녀의 연인 라울, 이 세 사람의 애정 관계이다.

에릭과 크리스틴은 주로 지하의 세계, 어둠의 세계에서 오페라를 매개로 하여 비밀스럽게 이루어지는 관계이다. 에릭은 어머니의 사랑조차도 받지 못했던 인물로 크리스틴의 사랑을 단 한 번이라도 얻고 싶어 안달을 한다. 반면 라울과 크리스틴은 지상의 세계, 낮과 밝음의 세계에서 공개적으로 이루어지는 관계이다. 두 사람은 어린 시절의 아름다운 추억을 사랑으로 완성하려 한다.

그러나 이야기는 단순히 세 남녀의 사랑 이야기를 풀어내는 데만 주력하지 않는다. 가스통 르루는 파리 오페라 극장을 둘러싼 일련의 사건들을 거슬러 추적해서 실마리를 찾아 나가는 구성을 통해 오페라의 유령에 대한 비밀스럽고 놀라운 이야기들을 펼친다.

유령은 왜 그곳 지하에 살게 되었으며, 신출귀몰한 능력은 과

파리 코뮌(Commune de Paris)

나폴레옹 3세(1808~1873).
파리 코뮌 이후, 영국으로 망명했다
가 그 곳에서 세상을 떠났다.

파리 코뮌은 1871년 3월 28일부터 5월 28일 사이에 파리 시민과 노동자들의 봉기에 의해서 수립된 혁명적 자치 정부를 말한다.

파리 코뮌이 성립하게 된 배경에는 1870년 7월에 발발한 프로이센-프랑스 전쟁이 자리하고 있다. 당시 신흥 자본주의 국가로 두각을 나타내고 있던 프로이센의 비스마르크 총리는 프랑스의 많은 자원과 노동력을 차지하기 위해 프랑스를 계속 침략했다.

그러나 프랑스 정부는 권력층의 부정 부패로 프로이센에 대항할 힘이 없었다. 결국 나폴레옹 3세가 프로이센 군의 포로로 잡히고, 1871년 1월 28일 휴전 조약이 체결되기에 이른다.

그러나 전쟁 초기부터 전쟁에 반대해 왔던 노동자 계급은 그 동안 얻은 자유와 민주주의를 지켜내고, 조국의 심장 파리를 사수하자며 프랑스 민중의 궐기를 호소한다. 이에 프랑스 시민과 대다수 노동 계급이 호응하여 파리에 독자적인 권력, 즉 '파리 코뮌'을 형성하게 된 것이다.

비스마르크(1815~1898).
독일 제국의 초대 총리로, 독일 통일을 위해 큰 공을 세웠다.

그러나 이미 프로이센과 결탁한 프랑스 임시 정부는 프로이센의 원조를 받아 노동자들과 시민들이 지키고 있는 파리를 공격한다. 결국 파리 코뮌은 약 삼만 명이 희생되고 사만 오천 명이 체포된 후 해체된다.

파리 코뮌은 비록 72일이라는 짧은 기간 동안 유지되었지만, 자본주의 사회로 들어선 이후 노동자 계급이 세운 최초의 정권이었다는 데 의의가 있다.

연 어디에서 온 것인가? 오페라 극장에는 과연 어떤 비밀이 감추어져 있는가? 이와 같은 다양한 이야기들을 빈틈없이 엮어 놓고, 그 속에 관련된 편지 기록이나 신문 기사 등을 집어넣어 사실성을 높였다. 그 덕분에 독자들은 스스로 자료에 접근하여 추리하는 색다른 맛을 경험할 수 있는 것이다.

가면을 쓴 유령의 신출귀몰, 유비쿼터스

《오페라의 유령》은 곳곳에 독특한 장치를 마련해 둠으로써 특유의 신비감을 자아낸다. 먼저 공간적 배경인 오페라 극장부터가 그러하다. 파리 오페라 극장은 1861년에 건축을 시작했지만 프로이센-프랑스 전쟁과 파리 코뮌을 겪으면서 여러 차례 공사가 중단되었고, 1875년에야 정식으로 문을 열었다고 한다.

샤를 가르니에가 설계한 이 극장은 실제로 땅 속에 물이 너무 많아 펌프로 모조리 퍼낸 뒤 그 위에 세운 것이다. 가스통 르루는 파리 오페라 극장에 대한 기사를 쓰면서 일반 사람들이 볼 수 없는 건물의 내부를 샅샅이 살펴볼 수 있었다.

그 오페라 극장은 지상 십칠층, 지하 오층짜리 건물이었다. 게다가 무려 이천오백 개나 되는 문과 수많은 비밀 문을 갖고 있어 작가의 상상력을 강하게 자극했다. 극장의 복잡한 구조와 그에 얽힌 뜬소문, 파리 코뮌 당시 시민군의 무기고로 사용되었던 전력 때문에 추리 소설의 소재이자 배경으로는 더할 나위 없이 적당했던 것이다.

작가는 이렇게 신비스러운 장소를 배경으로 삼아, 우리에게 빙산의 일각처럼 보이는 부분보다 보이지 않는 부분이 더 크고 매혹적일 수도 있다는 사실을 알려 주고 있다.

무엇보다 화려한 샹들리에가 빛을 발하는 오페라 극장의 무대

에서 먼지 쌓인 지하 통로로 빠져 나와, 배를 타고 호수를 건너면 눈부신 빛이 쏟아지는 또 하나의 세계가 펼쳐진다는 설정이 퍽 인상적이다. 존재하는 그 자체만으로도 엄청난 이야기를 간직하고 있는 듯한 오래되고 거대한 건물 특유의 느낌을 최대한 이용한 것이다.

작가는 거기에 유령이라는 존재를 밀어 넣었다. 이 작품에서 가장 두꺼운 베일에 가려진 그는 오페라 극장의 지하에 살고 있

오페라 극장은 어떤 곳?

파리 오페라 극장.
1875년 샤를 가르니에의 설계로 만들어졌다.
건축가의 이름을 따 '오페라 가르니에'라고 부르기도 한다.

가극장(歌劇場) 또는 오페라 하우스(opera house)라고도 한다. 대규모의 공연도 가능한 넓은 무대와 호화로운 객석이 있고, 공연 중에 생생한 음악을 들려주기 위한 관현악단석이 있다. 산하에는 전속 가수, 합창단, 관현악단, 발레단을 두고 있는 것이 보통이다. 파리 오페라 극장을 비롯하여 이탈리아의 스칼라 극장, 런던의 코벤트 가든 왕립 극장, 오스트리아의 국립 오페라 극장, 모스크바의 볼쇼이 극장 등이 세계적으로 유명하다. 우리 나라에는 예술의 전당에 서울 오페라 극장이 있다.

이탈리아의 스칼라 극장. 1778년에 세워진 이래, 세계적인 오페라 작곡가들의 작품이 초연되었다.

다. 사람을 판단할 때 가장 중요하게 여겨지는 얼굴은 가면으로 가린 채 말이다. 자신의 존재를 목소리나 편지로만 드러내기에 실제로 그를 본 사람은 아무도 없다.

그러면서도 끊임없이 5번 박스석을 요구하고, 이만 프랑의 월급을 챙기면서 자신의 존재를 강하게 부각시킨다. 결국 그는 크리스틴을 향한 사랑 때문에 인간 에릭이 되면서 존재의 베일을 하나씩 벗기 시작한다.

물론 '유령'이라는 호칭에 걸맞게 쉽사리 드러나지 않는 부분이 있다. 그러한 부분은 책 후반부에서 페르시아 인을 등장시켜 에릭의 지난 행적을 알려 주는 방식을 택한다. 에릭이 어디서 태어나고 어떻게 자랐는지, 마젠데란 궁전의 고문실이나 펀자브의 올가미 같은 장치들을 만든 이유는 무엇인지 독자들에게 직접 설명해 주는 것이다.

이러한 설명이 있기에 왜 에릭이 오페라 극장의 지하에 복잡하고 비밀스런 자신만의 세계를 만들어 놓고 유령처럼 살아가는지 어렵지 않게 공감할 수 있다.

'유비쿼터스(ubiquitous)'라는 말이 있다. 주로 정보 통신기술에서 쓰이는 말로, 시간이나 장소에 구애 받지 않고 언제 어디에서나 원하는 일을 할 수 있음을 뜻한다. 에릭은 적어도 자신이 구축한 오페라 극장, 특히 지하 세계에서는 완벽한 유비쿼터스를 이룬 셈이다. 극장 안에서라면 자신이 원하는 시간과 장소에 마음대로 나타날 수 있고, 또 사람들 앞에서 연기처럼 사라질 수도 있으니 말이다.

그의 이러한 능력은 가면 뒤에 감추고 있는 얼굴과 함께 추리소설 특유의 신비감을 만들어 주면서 사건을 예상치 못한 방향으로 이끌어 간다.

같고도 다른, 지상과 지하의 두 사람

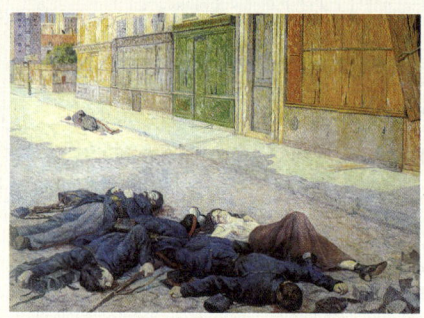

파리 코뮌이 붕괴될 무렵, 프랑스 정부는 프로이센과 결탁하여 파리를 지키고 있던 노동자와 시민들을 공격하였다. 당시 파리의 참상을 표현한 그림

《오페라의 유령》에는 서로 대립하는 세계가 존재한다. 바로 무대 위의 세계와 오페라 극장의 지하 세계이다.

무대 위의 세계에는 화려한 조명을 받으며 노래하는 가수들과 춤을 추는 무용수들, 그리고 환호하는 관객이 있다. 그들은 가면을 쓰지 않는다. 자신의 역할에 따라 노래하고 춤출 뿐, 얼굴을 가릴 필요가 없다.

그러나 오페라 극장의 지하는 사정이 전혀 다르다. 그곳은 빛이 닿지 않는, 어둠이 지배하는 세계이다. 사람들의 눈에 쉽게 드러나지 않는 세상인 것이다. 그곳에는 세상에서 밀려난, 빛의 세계를 등진 이가 살고 있다.

두 세계의 모습은 서로 판이하게 다르며, 그곳에 머무는 사람도 마찬가지이다. 사람들은 대부분 화려한 무대 위의 세계에만 눈을 돌리고 어둠에 가려진 세상은 애써 외면한다. 이 두 세계는 언뜻 서로 다른 것처럼 보이지만 실은 따로 떨어져 있는 것이 아니다. 오페라 극장이라는 하나의 건물 안에 존재하는, 같으면서도 다른 두 모습일 뿐이다.

오페라 극장이 지닌 양면성은 작품의 주인공인 에릭과 크리스틴의 관계에서도 잘 나타난다. 에릭은 흉측한 얼굴을 드러내지 않으려고 극장의 지하에 숨어 지내지만, 크리스틴을 내세워 자신의 밝은 면을 실현하려 한다. 크리스틴은 에릭에게 노래를 배우면서도 동시에 음악으로 자신을 구속하는 에릭에게서 벗어나고 싶어 한다.

그러나 이들이 양면성을 가졌다고 해서 똑같은 처지는 아니

에드가르 드가 작, 〈무용 수업〉

프리마 돈나(prima donna)

이탈리아 어로 '제1의 여인'이란 뜻으로, 오페라에서 주역 여성 가수를 프리마 돈나라 말한다. 제2의 여성 가수는 세콘다 돈나(seconda donna), 주역 남성 가수는 프리모 우오모(primo uomo)라 부른다. 그러나 실제로 오페라에서 프리마 돈나는 가장 중요한 소프라노 가수이고, 프리모 우오모는 테너 가수인 경우가 많다.

19세기 이후 프리마 돈나는 보다 넓은 의미로 쓰이게 되었다. 가장 뛰어난 여류 성악가를 가리키기도 하지만, 질투심 많고 변덕스러운 오페라의 주역이라는 의미로 사용되기도 한다. 요즘에는 오페라뿐만 아니라 무용, 뮤지컬 등의 예술 분야에서도 다양하게 사용되고 있다.

다. 크리스틴은 밝음과 어둠을 마음대로 경험할 수 있다. 그렇기에 무대에서 노래를 하기도 하고 연인 라울과 사랑을 나누기도 하고 유령이 이끄는 대로 따라가기도 하는 것이다. 반면에 에릭은 어둠을 장악할 수는 있어도 크리스틴 없이는 밝음을 마음대로 누릴 수 없다.

에릭은 크리스틴의 목소리를 빌려 자신의 음악을 세상에 드러내는 것으로 밝음에 대한 욕망을 실현시키려 한다. 그가 극장 운영과 오페라의 배역 선정에 개입하는 것도 크리스틴을 통해서 자신의 존재감을 유지하려고 하는 것이다.

진실은 전갈인가, 메뚜기인가

전에 방송에서 이런 실험을 한 적이 있다. 예쁘게 차려입은 늘씬하고 젊은 여성이 곤경에 처했을 때와 허름한 차림의 뚱뚱하고 나이 든 여성이 곤경에 처했을 때, 길거리를 지나가는 사람들의 반응이 어떠한가를 살피는 실험이었다. 그런데 결과는 불행히도 우리의 예상을 한 치도 벗어나지 않았다. 후자의 여성에게는 겨우 눈길을 한 번 주고 말았지만, 전자의 여성에게는 앞을 다투어 도움의 손길을 내밀었던 것이다.

요즘은 취직을 위해 성형 수술까지 서슴지 않는 시대이다. 외모가 사람을 판단하는 가장 중요한 기준으로 작용하게 되었기 때문이다. 그런데 만약 그 어머니조차 안아 주기를 꺼렸던 에릭이 길거리에 나타난다면 사람들은 어떤 반응을 보일까? 해골처럼 눈도 코도 없는 차가운 얼굴을 가면으로 가린 사람을 쉬이 안아 줄 수 있을까?

오페라 극장의 폭발이 임박한 순간, 크리스틴과 라울, 그리고 페르시아 인은 전갈과 메뚜기 사이에서 고민에 빠진다. 사악하기 그지없는 유령이 거짓말을 했을지도 모른다고 생각했기 때문이다.

물론 유령 에릭은 평범한 상식을 가진 사람이 아니기에 그런 의심을 받을 여지가 많은 게 사실이다. 마치 스토커처럼 크리스틴에게 집착하는가 하면, 자신의 요구를 들어주지 않는다고 오페라 극장을 공포의 도가니로 몰아갈 정도였으니…….

그렇다면 그는 처음부터 그런 성품을 갖고 태어난 것일까? 그의 몸 속에는 특별히 차갑고 잔혹한 피가 흐르고 있는 것일까? 어쩌면 에릭의 추한 외모만 보고 사람들이 지레 그의 행동이나 말에 편견을 가진 것은 아닐까?

결국 크리스틴은 모든 이들을 살리기 위해 에릭의 말을 따라 전갈을 선택한다. 그것은 급박한 상황에서 어쩔 수 없는 선택이기도 하겠지만, 에릭의 진심 어린 사랑을 믿었기 때문일 수도 있다.

페르시아(Persia)는 어떤 나라일까?

아시아 남서부에 있었던 이란의 옛 왕국을 가리킨다.
페르시아라는 말은 수세기 동안 주로 서구에서 사용해 왔으며, 그 기원은 과거 페르시스로 알려진 이란 남부 지역에서 유래한다. 고대 그리스 인들이 이란 고원에서 처음으로 페르시스의 거주민들과 접촉을 한 이후, 이 페르시스라는 말은 이란 고원 전체를 가리키는 말로 널리 알려지게 되었다.
1935년 이란 정부는 국호를 페르시아 대신 '아리아 인의 땅'이라는 의미를 가진 이란으로 불러 달라고 요청했다.

마지막까지 에릭의 진심을 의심했던 페르시아 인도 결국에는
에릭의 진정한 사랑을 알게 된다. 하지만 죽음의 직전에서야 그
를 이해하게 된다는 결말은 우리에게 큰 슬픔과 함께 깨달음을
안겨 준다.

가스통 르루는 이러한 결말을 통해 자기 마음속에 동굴을 만들
고, 그 안에서만 세상을 바라보려고 하는 세상 사람들의 그릇된
모습을 넌지시 비판하고 있다. 에릭은 비록 흉측한 얼굴을 가면
으로 가린 채 지하에서 살아갈 수밖에 없었지만, 어쩌면 우리보
다 훨씬 더 순수하고 진실한 사랑을 하고 있었는지도 모르므로.

유령의 죽음, 그리고 새로운 시작

크리스틴의 입맞춤을 받는 것과 동시에 유령은 몰락하고 만
다. 수단과 방법이야 어찌 되었든 크리스틴을 아내로 맞이하게
되었으니 평생의 소원을 이룬 셈이다. 그런데 에릭은 스스로 그
자리에서 물러난다.

크리스틴을 얻기 위해 그토록 애를 썼던 에릭이 자진해서 그
녀를 보내 주는 결말은 해피 엔딩에 익숙한 우리에게 색다르고
신선하게 다가온다. 하지만 이 결말은 언뜻 이해할 수 없는 부분
이기도 하다. 바라고 바라던 사랑이 이루어진 순간, 왜 몸과 마음
을 돌이킬 수밖에 없었을까?

크리스틴의 선택은 온전히 자신을 선택한 것이 아니라, 실은
연인 라울의 죽음을 막기 위한 선택이었다는 것을 알고 있었기
때문일 수도 있다. 아니, 어쩌면 크리스틴이 자신을 진심으로 동

정하고 사랑해 주었기 때문에 그녀를 위해 모든 것을 버리기로
결심했는지도 모른다.

소설 《프랑켄슈타인》에 나오는 괴물에게는 이름이 없다. 이름
이 없기에 아무도 그를 부를 수 없었고, 세상 사람들에게 자신의
존재를 제대로 드러낼 수 없었다. 마찬가지로 오페라의 유령은
얼굴이 없다. 제대로 말한다면 없는 것은 아니지만, 가면을 벗고
당당하게 남 앞에 나설 수 없으니 얼굴이 있어도 없는 것과 다를
바가 없다.

에릭은 잃어버린 자기 얼굴 대신 아름다운 목소리를 내세워,
자신을 대신할 누군가를 찾았다. 크리스틴은 목소리로만 존재했
던 그에게 비로소 얼굴을 가져다준 인물이었다. 사랑하고 사랑
받는, 인간의 가장 근원적인 욕망이 충족되는 순간, 에릭은 비로
소 진정한 얼굴을 가진 한 인간으로 존재할 수 있게 된 것이다.

백작이 높을까, 자작이 높을까?

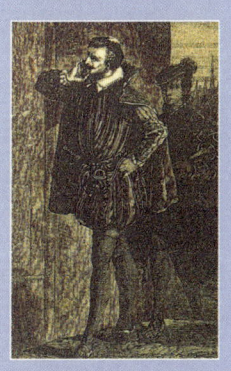

나라마다 부르는 명칭은 다르지만 대개 서열에 따라 공작(公爵,
Duke), 후작(侯爵, Marquis), 백작(伯爵, Count), 자작(子爵, Viscount),
남작(男爵, Baron) 등으로 나뉜다. 이 다섯 개의 작위는 전통적인 귀
족의 작위로 맏아들에게 세습되기 때문에 세습 귀족이라고 부른다.
영국은 오늘날까지도 귀족이 있으나, 프랑스는 1848년 2월 혁명 이
후, 러시아는 1917~1918년 혁명 이후 귀족 제도를 폐지했다.
영국에서는 1958년부터 자식에게 세습할 수는 없지만, 자기 자신에
게만 평생토록 귀족의 칭호를 쓸 수 있게 한 종신 귀족 제도를 도입
했다. 이 제도를 통해 매년 두 차례, 영국을 빛낸 인물이나 음지에서
봉사하는 모범 시민들에게 작위를 수여한다.

그리하여 여인의 진심이 담긴 키스를 받게 되자, 자신의 가면과 세상에 대한 증오, 그리고 한 줌의 미련까지도 훌훌 벗어 던지고 크리스틴을 보낼 수 있었던 것이다.

21세기의 '유령', 그들을 위하여 우리는

《오페라의 유령》은 사회적인 차원에서도 깊이 생각할 거리를 던진다. 지금도 오페라 극장의 지하 어둠 속에서 가면으로 자신을 가리고 살아가는 사람은 과연 없는지…….

어둠을 잘 도닥거리지 못하면 빛은 언제든 어둠이 될 수 있다. 우리 사회에는 존재하되 존재하지 않는, 그래서 유령일 수밖에 없는 소수자들이 수없이 많다. 그들의 어둠을 밝혀 주지 못한다면, 이 사회는 곳곳에서 유령의 출몰을 경험하게 될 것이다.

세상을 향해 당당하게 나서고자 애쓰는 이들에게 길을 열어 주어야 한다. 그들을 이해하고 인정하지 않는다면, 우리 사회의 화려한 불빛은 위선과 기만으로 가득한 것일 뿐이다.

성적인 생각과 행동이 다르다는 이유로 손가락질을 받는 동성

에릭이 붉은 죽음의 분장을 하고 나타난 장면을 표현한 그림

애자들이 있다. 장애인 복지와 고용 차별을 금지하는 법안이 만들어진 지도 이미 오래이건만, 장애우들은 지금도 인간적인 권리와 복지의 사각 지대에 놓여 있다.

이 시대의 또 다른 에릭인 외국인 노동자들은 힘 없는 가난한 나라에서 왔다는 이유로 온갖 부당한 대우를 받아도 하소연할 데조차 없다. 또 혼혈인들은 어떤가? 같은 혼혈인이어도 피부색에 따라 달리 대하는 것을 당연하게 생각한다.

과연 이것이 21세기의 모습인가? 이런 모습으로 과학 기술을 발전시키고, 경제적으로 부유해지는 것이 무슨 의미가 있을까?

무관심과 편견으로 19세기의 에릭처럼 그들이 어둠 속에서 쓸쓸한 죽음을 맞게 해야 하는지 깊이 고민해 봐야 한다. 에릭은 이제 오페라 극장의 지하가 아니라 무대 위로 당당하게 올라와야 한다. 사회적 소수자, 힘 없는 사람, 가난한 사람들에게 씌운 가면을 벗겨 주어야 할 책임은 바로 우리에게 있다.

푸 른 숲
징 검 다 리
클 래 식
0 0 1

오페라의 유령

첫판 1쇄 펴낸날 2006년 5월 1일
19쇄 펴낸날 2026년 3월 10일

지은이 가스통 르루　**옮긴이** 김옥동
발행인 조한나
편집 박고은 정예림 강민영
디자인 한승연 성윤정 김혜은
마케팅 문창운 김인진 김은희
회계 양여진 김주연

펴낸곳 (주)도서출판 푸른숲
출판등록 2003년 12월 17일 제2003-000032호
주소 서울특별시 마포구 토정로 35-1 2층, 우편번호 04083
전화 02)6392-7871~7874　**팩스** 02)6392-7875
이메일 psoopjr@prunsoop.co.kr　**인스타그램** @psoopjr
홈페이지 www.prunsoop.co.kr

ⓒ 푸른숲주니어, 2006
ISBN 978-89-7184-465-6　44860
　　　978-89-7184-464-9 (세트)